Wim
Wenders 一次
维姆·文德斯

Einmal: Bilder und Geschichten 　宋新郁 译　　图片和故事

目录

9 前言
10 "拍照……"

18 飞越泰国和印度尼西亚
22 我登上兰萨罗特岛
28 我看见一架飞机没有翅膀
32 我到了欧罗巴大陆的最西端
36 我遇见马丁·斯科塞斯
40 在威尼斯的一家电影院里
42 我从巴黎飞东京
44 在巴黎的一家片场里
46 我在看一幅《静物》
48 遇到让·尤斯塔奇时
50 在圣地亚哥
54 我与尼古拉斯·雷一起
70 应弗朗西斯·科波拉的邀请
82 在拍摄《德州巴黎》的最后一天
90 我在一棵雪松前停车
92 我真的在德克萨斯州的巴黎
98 我用开车逃避每年一次的圣诞蓝调
104 我去绕"奥尔加"山,
108 在纽约
110 深冬季节在冰岛
120 我从加利福尼亚开车去德克萨斯州
132 我看到这个小男孩儿在牧鸭
134 我去纽约看望彼得·汉德克

138	我徒步从萨尔茨堡到威尼斯
146	我住在旧金山
158	我在第二十二街与列克星敦街的拐角处
162	我在登巴萨的市场上
170	我在阿尔及尔
174	我在科罗拉多州的丹佛
180	我住在纽约的时候
186	看一个朋友
188	我看着和听着约翰·李·胡克!
190	我去参加《德州巴黎》的公映
192	多年以前我和布鲁诺·甘孜一起去纽约
194	我在苏荷区一条街上
196	我在莫斯科市中心
208	我在休斯顿住过一阵子
216	好莱坞的一个大型电影片场
220	在去洛杉矶机场的路上
224	我在好莱坞大道上
226	我要是带着相机多好啊
228	我见过一个废弃的汽车电影院
232	多年之后
238	我在银幕前和银幕后
240	在拍摄《爱丽丝城市漫游记》的时候
244	我在宾夕法尼亚州的匹兹堡
250	我第一次横穿澳大利亚

262	我去蒙大拿州的巴特
278	我在一个叫"托斯卡"的酒吧里
280	我一天之内到过五个城市
282	我用了几周的时间来来回回地穿越德克萨斯州
290	经过德克萨斯州的马尔法时
294	在亚利桑那州的希拉本德
300	在纽约的拉瓜迪亚机场
304	在登巴萨
314	在南澳大利亚的库伯佩迪
324	我在波茨坦
338	在东京的清晨里散步
344	一大早起床
357	"一次等于没有"
359	后记
360	人名索引
361	出版后记

谨以此书献给厚田雄春！
他生于1904，逝于1992。
他的全部职业生涯
就是与小津安二郎合作，
参与了他所有影片的制作。
先是摄影助理，
后来是跟焦员，
再后来是掌机员，
然后做了二十年主摄影师。
小津安二郎于1962年去世后，
忠诚的厚田雄春
也同时终止了工作。

"拍照……"

拍照。
摄影是时间的行为，
是要从时间里摄取些什么，
是另一种形式的永恒。
人们总是猜测，
那从时间里夺得的瞬间，
就在摄影机前面。
事实并非如此，
摄影乃是一种
双向的行为：
向前
和往后。
是的，也可以"往后进行"。
这个比喻并非那么谬以千里，
这就如同猎手端起武器，
瞄准面前的猎物
射击。
一旦子弹飞出枪膛，
就会产生后坐力。
摄影师按下快门的瞬间，
同样有后坐力，
推动自己。
一幅照片永远有双重画面：
拍摄对象
以及多多少少可见的
"后面"，
也就是"后坐力"：
拍照瞬间的
摄影师自己。

这种反照
存在于每一幅照片里，
任何镜头都无法捕捉。
如同猎手
无法被自己的子弹击中，
而只能感知武器的后坐力。

什么是摄影师的"后坐力"?
如何感知?
又如何体现在照片里?
对照片有着怎样的影响力?
德语里有一个特别贴切的词,
可以形容这个事实。
一个词,
适用于不同的领域:
EINSTELLUNG(调整)。
用来表示一种行为,
人会调整自己,
从心理上或者从道德上,
也就是准备做什么,
然后开始"行动"。
"调整"
也是一个摄影的
或者电影的概念,
意指画面和取景,
以及
如何"调整"摄影机的
光圈和速度,
然后摄影师开始"行动"。

这一切绝非偶然,
同样一个词既指一个行为,
也指在这一行为中所产生的图片。
每一个"调整"(也是每一幅图片)
实际上折射出了拍摄者本身的
"调整"(行为)。

猎人所感知的后坐力,
如同照片背后
隐隐约约的
摄影师的面孔。
并非是要捕捉他的面容,
而是他的**行为**,
是他面对眼前事物时的
自我调整。

摄影机是眼睛,

能从前面看，
同时也能向后看。
向前拍摄一幅照片，
向后留下的
则是摄影师灵魂的侧影：
摄影机向后看，
透过摄影师的眼睛
看到他的动机。
是的，摄影机向前看到了拍摄对象，
向后看到了拍摄的动机，就是
为什么要捕捉这个拍摄对象。
它同时表现了**事物**
以及对事物的**愿望**。

的确如此。
每一秒钟，
在世界的某一个地方，
都有人按下快门，
在拍摄什么，
因为他（或者她）喜欢一束**光**，
或者一张**脸**，
或者一个**姿势**，
或者一道**风景**，
或者一种**氛围**，
或者仅仅因为一个**场景**
应该被留住。
拍摄的对象，
理所当然
数不胜数，
每一秒都呈几何增长。
每一个拍摄瞬间，
在世界的每一个角落，
都是独一无二的。
时间，
是无法停留的时间
为此提供了保证。
即便是不计其数的旅游者
"立此存照"的快照，
每一幅也都是独一无二的。
时间，

即便是在其最平庸和最简单的时刻,
比如在游客们的"咔嚓"声里,
也是独一无二、一去不回的。
每幅照片的惊奇之处,
或许不在于
通常人们所以为的
"把光阴留住"。
相反,
在于每幅照片都能再一次证明:
时光如何无法留住
和一去不复回。
每一幅照片都是对人生苦短的提示,
每一幅照片都与生和死有关,
每一个"捕捉到的画面"都有一个神圣的光环,
超越了摄影者的目光,
超越了人类的所能:
每一幅照片都是一次创造,
在时间之外,
以上帝的名义,
也可以这么说,
是对渐被遗忘的那个训条的提醒:
"不要给自己拍照……"

摄影
(更准确地说:能够摄影)
是件"美好到不真实的事情",
反过来说也一样,
是件真实到不再美好的事情。
每一次拍摄
都是一次非分之想
和一次反叛,
摄影很快教会你全无节制
以及罕有的满足。
(因此得到的
"调整":**狂妄自大**
常常多于
"调整":**谦逊**。)

向两个方向举起你的相机,
向前和向后,

将两幅照片融为一体，
让"后面"的消融在"前面"里。
让摄影师
在拍摄的瞬间，
置身于前面的拍摄对象，
而不是与其分离。
通过"取景框"，
取景人脱身而去，
去到"对面"，
在那个世界里，
能更好地回忆，
能更好地理解，
更好地观察，
更好地倾听，
更多地爱。
（对了，很遗憾，还有就是更多地蔑视，
那里也有"恶意的眼神"。）

每一幅照片，
每一个时间的"一次"，
也是一个故事的开始，
开头总是"从前……"
每一幅照片也是一部电影的开始。
常常在下一个时刻、
按下快门的时刻，便更进了一步，
下一幅照片，
就是这个故事
发展的
踪迹，
在其自身的空间里，
在其自身的时间里。
随着时间的推移，对于我来说，
摄影越来越多地是
对一个"故事的追踪"过程。
因此这本书里的
系列图片
多于单张图片。
每每从第二幅图片就开始了"蒙太奇"，
第一幅图片里开始讲述的
那个故事，

开始沿自己的方向展开,
在空间的感觉上斟字酌句,
在时间的感觉上先知先觉。
有时候出现了新的角色,
有时候原定的主角
最后变成了配角,
有时候甚至不以角色为中心,
只有风景。
我坚信
风景有影响故事的
力量。
有些风景,
无论是城市,沙漠,
山色或者海岸线,
似乎能自己讲述故事。
它们魔咒般招来"**它们的故事**",
是的,它们自己**创造**故事。
风景自身可以是主角,
人类不过是它的龙套。
我同样坚信
道具的叙事能力。
一份打开的报纸,
不经意地躺在角落里的一幅图片上,
它能讲述多少故事!
或者背景里的广告牌!
或者一辆锈迹斑斑的汽车,
从图片的边缘切入画面!
一把椅子!
它在那里,
好像刚刚有人坐过又站起来的样子!
桌子上一本打开的书,
刚刚能看到一半的书名!
人行道上一个空空的香烟盒!
斜插着勺子的咖啡杯!
照片上的**物件**可以喜悦可以忧伤,
是的,甚至可以滑稽可以悲惨。

甚或衣服!
在许多照片里它们激动人心。
一个孩子腿上垂下的袜子!

只能从身后看到的
一个男人那上翘的衣领!
汗渍!
褶皱!
补丁!
缺了的纽扣!
新熨过的衣服!
一个女人的人生故事
浓缩在她的衣服里,
浓缩在一件衣服里的哀伤故事!
一个人的经历
被他的大衣表现出来!
衣服能显示一幅图片的温度,
日期,
钟点,
战争或者和平。

所有的一切在摄影机前只出现**一次**,
然后每一幅照片都会让这一次变得**永恒**。
只有**通过**
捕捉到的图片才能看到时间,
故事出现的时间
在第一幅照片和第二幅照片
之间。
没有了这两幅照片,
故事就会被永远地
遗忘。

如同我们在拍摄的瞬间
渴望消失一样,
出世,
物化,
然后世界和物体跳出照片,
进入每一个观者体内,
并停留在那里。
"**那里**"才有故事发生,
那里,
就在观者的
眼中。

我希望,
这样一本有关照片的书,
可以成为一本故事书。
尽管它现在**还不是**,
但它**能够是**,
通过每一个有兴趣
倾听它所见的人。

一次

飞越泰国和印度尼西亚,
前往澳大利亚,
通过所谓的后门,
进入达尔文城。
在这个国家的最北面,
以一个初来者的目光,
感受
这整个儿的大陆。
第一天晚上,
我第一次看见
一棵猴面包树,
第一次看见
土著人的穷苦。

一次

那一天,
我登上兰萨罗特岛[1],
看到了一个倾倒的信号塔,
一艘解体的船和
一些被掘的坟墓。

---

1 兰萨罗特岛(Lanzarote),西班牙加那利群岛七大岛之一,旅游胜地。火山灰几乎覆盖了全岛,形成了大面积火山岩浆地貌。

一次

我看见一架飞机,
没有翅膀。

一次

我到了欧罗巴大陆的
最西端,
就是葡萄牙在世界地图上的鼻尖,
发现了一家废弃的旅馆。
大西洋用它的每一个波浪,
宣布对这片土地的主权。
这个地方强势到想成为一部电影,
我从第一秒钟开始就知道,
这个故事已久久在我心中盘绕,
只有到了这里才能用灵魂述说。
美国就在"对面",
大海的另一边。

那部电影叫做《事物的状态》[1],
摄影师是亨利·阿勒冈[2]。
哪怕在我那些在昏暗电影院里拍摄的胶片中,
也能看出亨利
是多么成功地为这个故事增添了光彩。

---

[1] 《事物的状态》(*Der Stand der Dinge*,1982),维姆·文德斯执导的电影,曾获得第 38 届威尼斯电影节金狮奖。
[2] 亨利·阿勒冈(Henri Alekan,1909-2001),摄影师,与文德斯多次合作。

一次

我遇见马丁·斯科塞斯[1]，
在去纪念碑山谷的路上。
他躺在汽车下，
试图换一个轮胎。
我们的汽车把他和伊莎贝拉[2]
捎了一程，
一次愉快的旅行。

后来，
在约翰·福特[3]的马车曾经驰骋过的地方，
我看到了
一架坠落的飞机。

1　马丁·斯科塞斯（Martin Scorsese，1942- ），美国导演。
2　伊莎贝拉·罗西里尼（Isabella Rossellini，1952- ），意大利女演员。
3　约翰·福特（John Ford，1894-1973），美国导演，以拍摄西部片闻名。

一次

在威尼斯的一家电影院里,
我坐在两个男人的背后。
看着眼前他们的脑袋,
想到的却是成千上万个
画面和故事,
曾经从这两个脑袋里诞生,
哦,不对,是还在不断地从这两个脑袋里诞生。
他们的画面和故事
将超越他们的生命,
超越我们所有人的生命。
坐在我前面的
是黑泽明[1]
和迈克尔·鲍威尔[2]。

---

1 黑泽明(Akira Kurosawa,1910-1998),日本导演。

2 迈克尔·鲍威尔(Michael Powell,1905-1990),英国导演。

一次

我从巴黎飞东京,
经停莫斯科,
当时还没有直达的飞机。
人们被迫在莫斯科机场下飞机,
在国际转机区
等待漫长的三个小时。
人们无事可做,
除了在免税店里买买鱼子酱。
甚至没有地方可坐,
我在走廊里徘徊,
出于无聊最终走进了
空无一人的厕所。
后来进来了一个人,一个日本人,
站到一旁的小便池边上。
我招呼了一声:"哈喽,大岛渚[1]!"
他看着我说:"哈喽,维姆!"
好像觉得我们在莫斯科机场厕所里的相见
是天经地义的事情一般。
大岛渚飞向另一个方向,从东京到巴黎。
我在走道里为他拍了一张照片,
后来找不到了。
却找到了这幅宝丽来快照,
这是在京都的一家片场里,
当时的大岛渚正在拍摄
《感官世界》。

1　大岛渚(Nagisa Oshima,1932-2013),日本导演。

一次

在巴黎的一家片场里，
拜访
正在拍摄《兰斯洛特》[1]的
埃里克·侯麦[2]。

1　此处指的应为侯麦执导的影片《帕西法尔》（*Perceval Le Gallois*，1978），与罗贝尔·布莱松的《武士兰士诺》同样取材自亚瑟王与圆桌骑士的故事，常被相提并论，而侯麦的这部作品以舞台化"作假"的布景为特色。

2　埃里克·侯麦（Eric Rohmer，1920-2010），法国导演。

一次

我在看一幅《静物》，
当吉姆·贾木许[1]在画中出现时，
静物便不再安静，
变成了一幅人物肖像。

---

[1] 吉姆·贾木许（Jim Jarmusch，1953- ），美国导演。

47

一次

遇到让·尤斯塔奇[1]时,
我邀请他扮演
《美国朋友》[2]中的一个小角色,
一个友好的大夫。
酒吧里,
电唱机里播放的
都是阿拉伯音乐。
我至今还会想起那一幕,
像是《一千零一夜》里的
一个童话。

---

1 让·尤斯塔奇(Jean Eustache,1938-1981),法国导演。
2 《美国朋友》(*Der Amerikanische Freund*,1977),维姆·文德斯执导的影片。

一次

在圣地亚哥,
我见到让-吕克·戈达尔[1]。
他的朋友和同事让-皮埃尔·高兰[2]就住在那儿,
夏季时在海滨租了一栋房子。
我在那里待了一下午,
与海纳·穆勒[3]和
美国艺术家曼尼·法伯[4]一起。
戈达尔一言不发,
即便回答问题,
也只用"是"、"不"或"不知道"。
不久之后,我们都变得沉默无语。

后来我们开车去购物,
因为葡萄酒和香烟都没有了。
戈达尔与我们同行。
他很兴奋地钻进汽车,
我相信是沙滩让他如此焦虑不安。
我坐在雪铁龙的后排座上想:
我还从来没有坐在一个更忧伤的男人身后呢。

---

1 让-吕克·戈达尔(Jean Luc Godard,1930-),法国导演。

2 让-皮埃尔·高兰(Jean-Pierre Gorin,1943-),法国导演。

3 海纳·穆勒(Heiner Müller,1929-1995),德国剧作家、诗人、戏剧导演。

4 曼尼·法伯(Manny Farber,1917-2008),美国画家、电影评论家。

51

后来，我又见过让－吕克几次，
一般都是在机场或酒店大堂。
我很高兴地看到他不再那么忧伤。
两年以前，
我们在柏林一家酒店的房间里
一起享受过雪茄，
相对聊了很多。
我觉得，
他越来越像巴斯特·基顿[1]。

---

[1] 巴斯特·基顿（Buster Keaton，1895-1966），美国默片时代演员及导演，以"冷面笑匠"著称。

一次

我与尼古拉斯·雷[1]一起
去看棒球比赛:
纽约洋基队对波士顿红袜队。
经典!
他跟我讲述他与乔·迪马乔[2]的友谊,
有史以来最伟大的棒球手之一。
讲述当年
他们两人曾对同一个女人大献殷勤:
玛丽莲·梦露。

---

[1] 尼古拉斯·雷(Nicholas Ray,1911-1979),美国导演。

[2] 乔·迪马乔(Joe DiMaggio,1914-1999),美国棒球明星。

还有一次,
我们一起打台球,
在苏荷区的什么地方。
尼克[1]是一位优雅的球友,
无论岁月还是疾病
都无法把他的优雅夺走。

---

1 尼古拉斯的昵称。

有一次，
我和丹尼斯·霍珀[1]
从洛杉矶开车，
去莫哈韦沙漠中央的
巴斯托，
去拜访尼克。
米洛斯·福尔曼[2]正在那里拍摄《毛发》，
由尼克扮演"将军"一角。
丹尼斯认识尼克很久了，
他当年在《无因的反叛》里
扮演过一个小角色。
丹尼斯也曾经是詹姆斯·迪恩[3]的好朋友。
我记得那个夜晚，
在巴斯托，
詹姆斯·迪恩是当然的话题，
尼克解释说：
"是我教会了他起步的"。

我愿意相信，
如果人们知道，
那个在《无因的反叛》里最后出镜的
神秘的男人
就是尼克·雷本人。
下次看电影时请注意他走过镜头时的姿势。

---

1 丹尼斯·霍珀（Dennis Hopper, 1936-2010），美国演员、导演。
2 米洛斯·福尔曼（Milos Forman, 1932- ），出生于前捷克斯洛伐克，现为美国公民。电影导演。
3 詹姆斯·迪恩（James Dean, 1931-1955），美国演员，曾出演《无因的反叛》，尼克是该片导演。

另外还有一次，
一年之后。
还是在纽约。
我去医院探望尼克，
他刚刚做完肺癌手术，
胸部正在放疗。
进入他房间的人
必须戴口罩。
伊利亚·卡赞[1]好像一个好战部落的
头领。

---

[1] 伊利亚·卡赞（Elia Kazan，1909-2003），希腊裔美国导演。

放疗过后,
尼克的头发掉光了。
几周之后,
我再次见到他和他的妻子苏珊,
在春天大道和西百老汇交叉口的
一家餐厅里。

一次

应弗朗西斯·科波拉[1]的邀请,
我和黑泽明以及他的女翻译,
还有汤姆·拉迪[2]、莫尼克·蒙哥马利等人,
乘坐一辆奔驰600,
从旧金山
驶往纳帕谷。
那辆豪华大奔
在半路上抛了锚。
我们在一个乡村教堂落成典礼上
闲逛了一小时,
拍了这幅黑泽明与印第安乐队、
路易斯安那州牛仔们
的大合影。
莱斯·布兰克开着他那辆
叮当作响的货车经过,
邀请我们换乘
他的汽车。
当一辆嘎嘎的厢式货车停在露台前,
里面钻出黑泽明时,
弗朗西斯瞪大了眼睛。

这天下午,
比以往的任何一天
都异常的平和、安静。
天气炎热,
我们全都下到一个水塘里洗澡,
除了黑泽明。

---

1 弗朗西斯·科波拉(Francis Coppola,1939-),美国导演。

2 汤姆·拉迪(Tom Luddy),美国演员、制片人。

一次

在拍摄《德州巴黎》的最后一天,
在加利福尼亚州高速公路的一个加油站,
克莱尔¹在打电话,
我却遇见了一只恐龙。

---

1 克莱尔·丹尼斯(Claire Denis,1948-),法国女导演,当时是《德州巴黎》的副导演。

89

一次

我在一棵雪松前停车,
在高速公路中间,
在通向戴高乐机场的高速公路入口处。
否则,
我只能在驶过时
跟这棵树打招呼。

一次

我真的在
德克萨斯州的巴黎。
小城在靠近俄克拉荷马州的边境,
离红河不远。
出产坎贝尔西红柿汤的地方。
我跟萨姆·谢泼德[1]打赌:
在这个小城里一定能找到一座迷你埃菲尔铁塔。
我输了,
这里没有埃菲尔铁塔,
只有一座仿造的红磨坊。

抵达小城的第一天,
第一次出门散步时,
迎面过来了一列游行队伍:
圣诞游行。
"让我无言以对。"

1　萨姆·谢泼德(Sam Shepard,1943-),美国演员,《德州巴黎》的编剧。

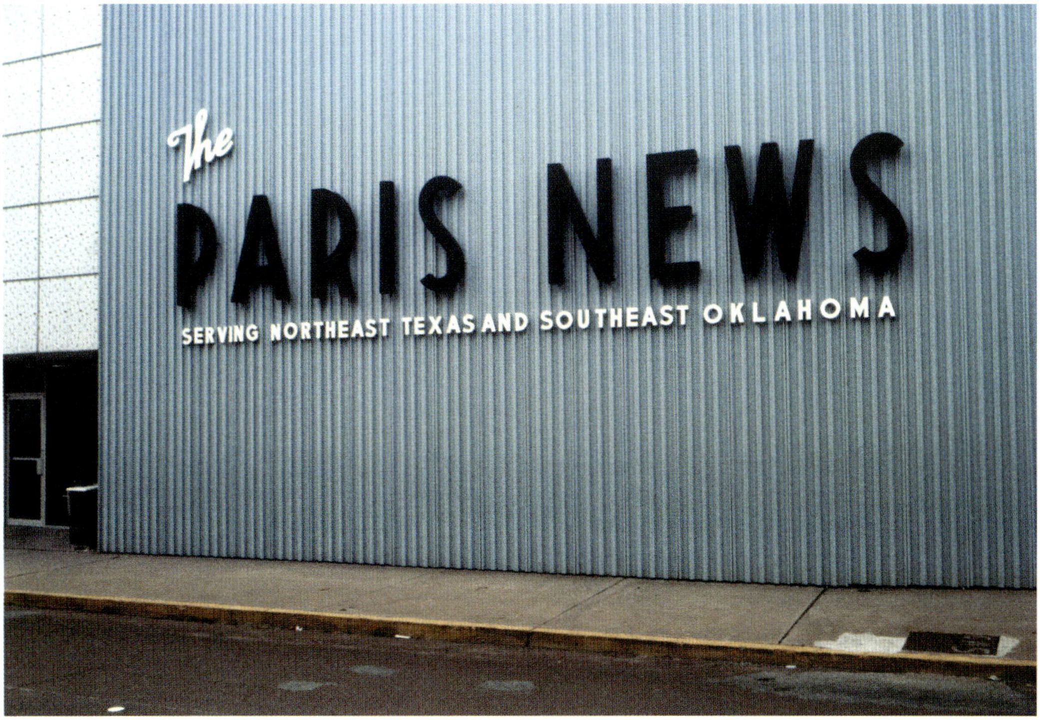
The
PARIS NEWS
SERVING NORTHEAST TEXAS AND SOUTHEAST OKLAHOMA

Sprite

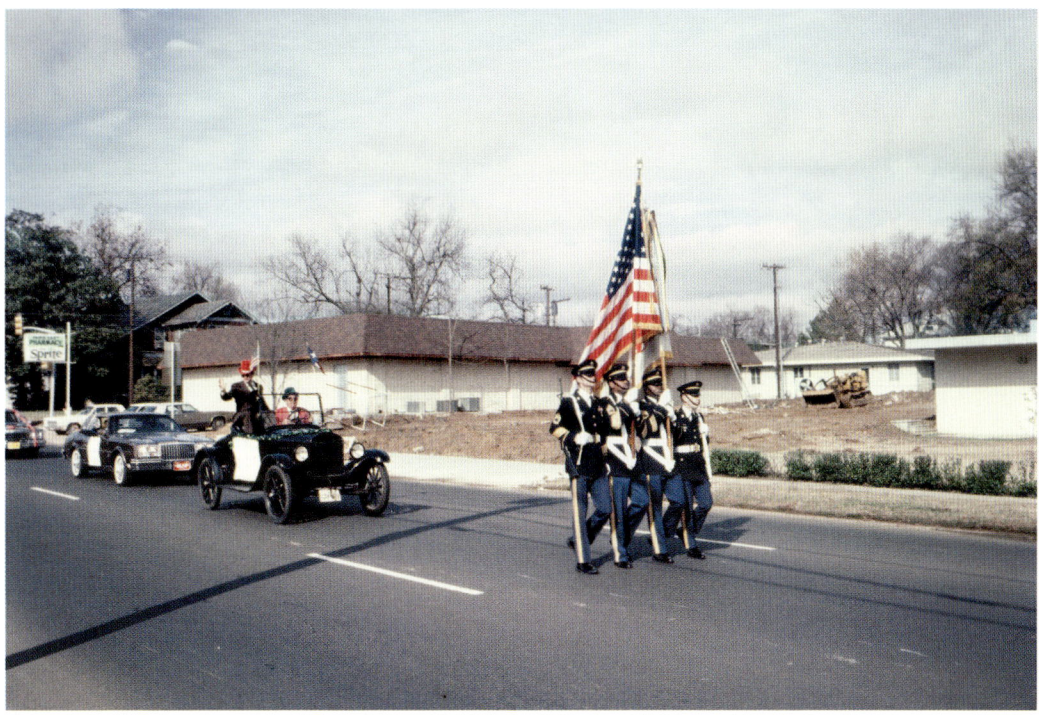

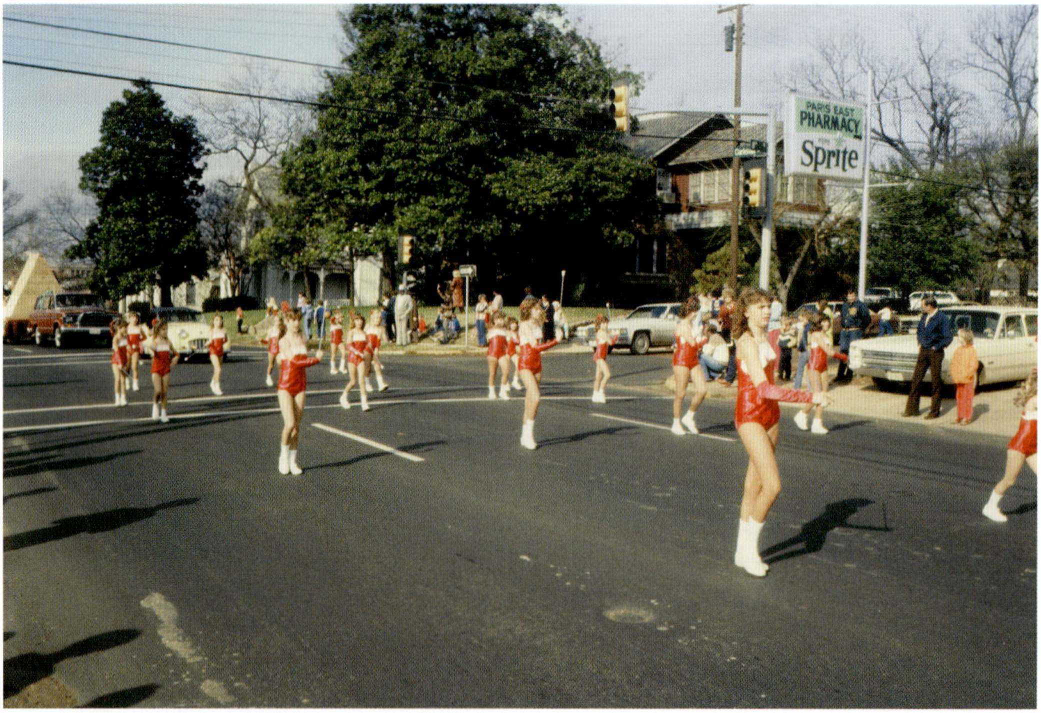
PARIS EAST
PHARMACY
Sprite

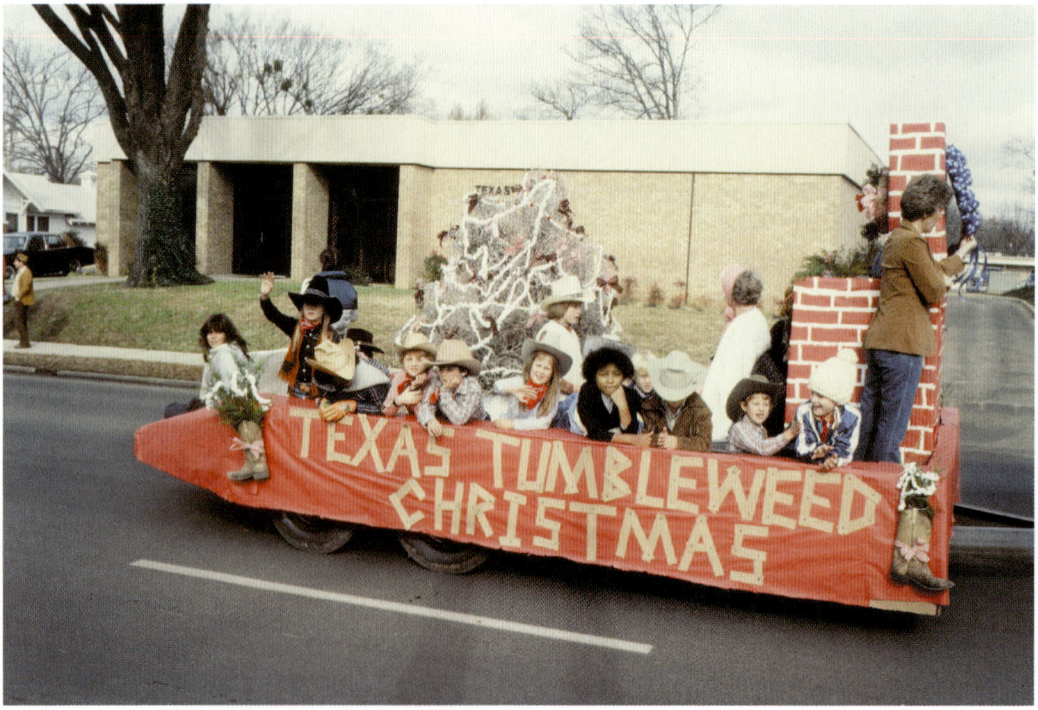
TEXAS TUMBLEWEED
CHRISTMAS

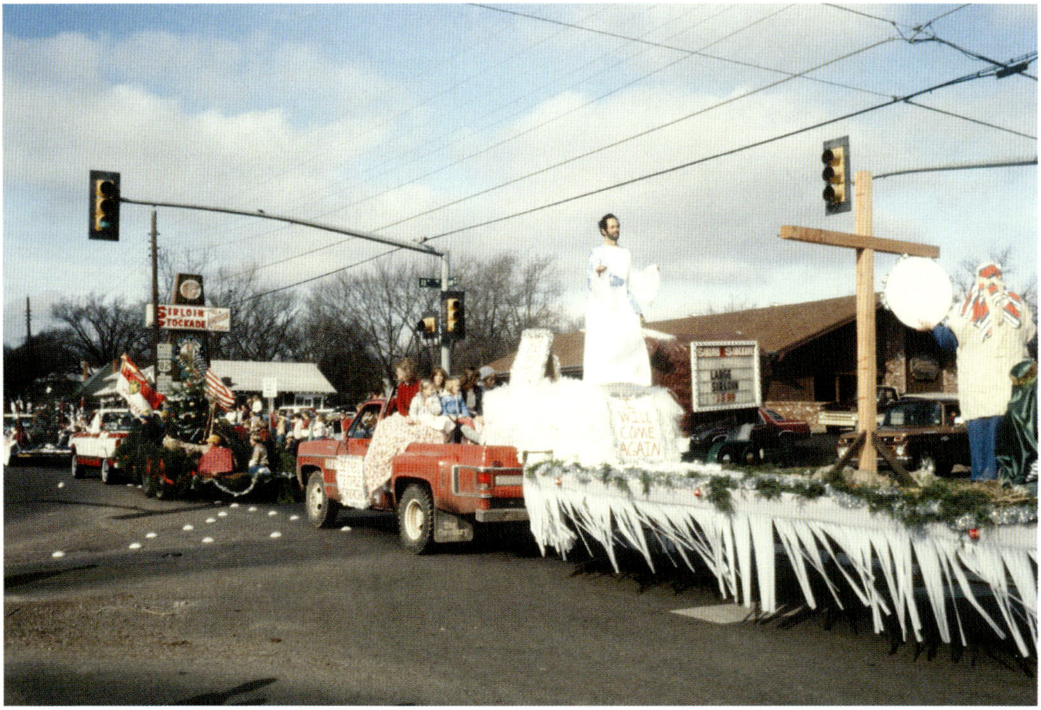
SIRLOIN STOCKADE
LARGE SIRLOIN
WILL COME AGAIN

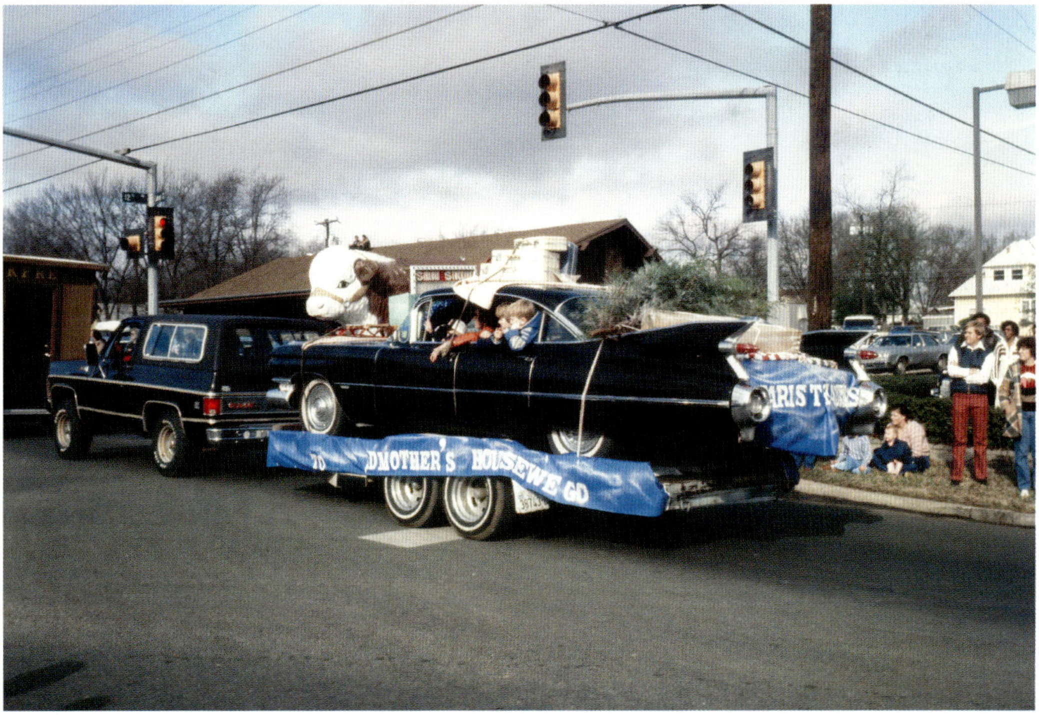

97

一次

我用开车
逃避每年一次的圣诞蓝调。
三千英里路程,
沿着整个儿斯图尔特高速公路[1],
从阿德莱德[2]到澳大利亚北海岸。
平安夜,
北领地的凯瑟琳
是如此炎热,
路上见不到一个行人,
除了我自己。
连我的徕卡相机都快冒烟了,
尽管我已经快要拿不住它了,
却还是要拍下这圣诞节的装饰。

---

[1] 斯图尔特高速公路(Stuart Highway),一条纵贯澳大利亚的公路,北起达尔文港(Darwin)南至奥古斯塔港(Port Augusta),全长 2834 公里,沿途景观壮丽奇诡。

[2] 阿德莱德(Adelaide),澳大利亚港口城市,位于奥古斯塔港的南方。

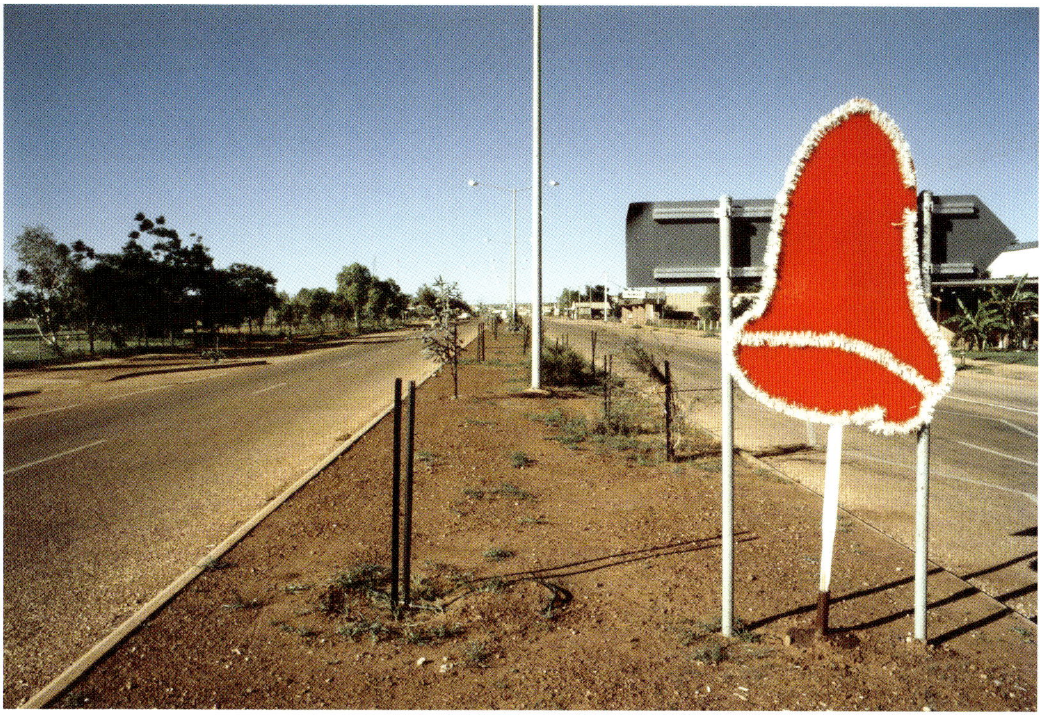

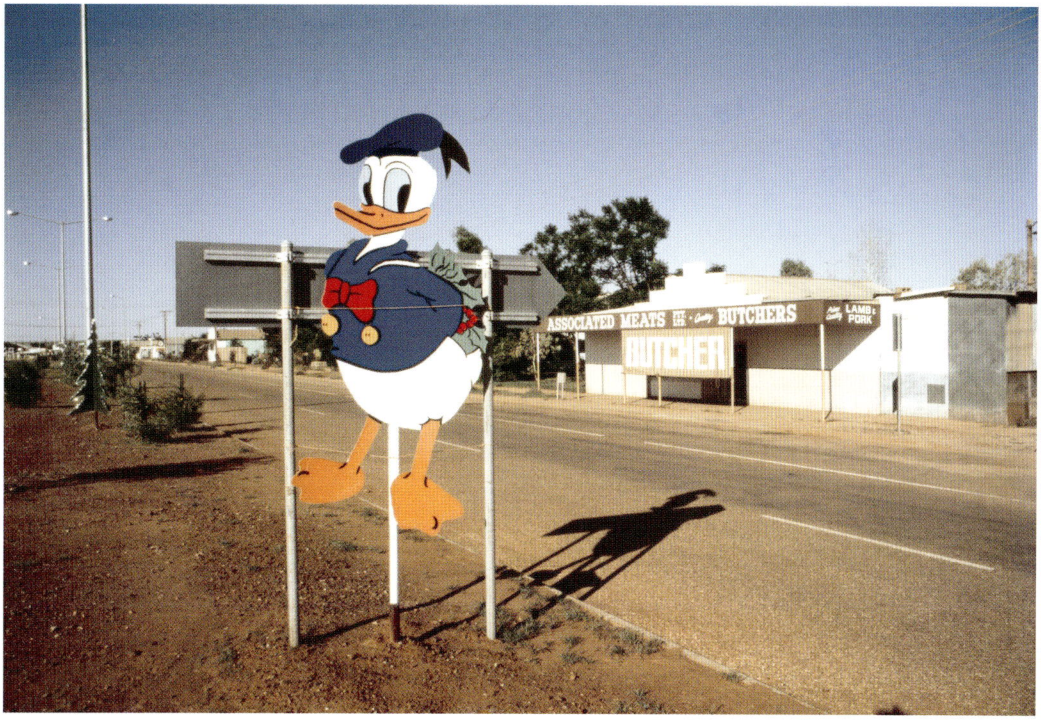
ASSOCIATED MEATS
BUTCHERS
LAMB
PORK
BUTCHER

我在一个酒吧里度过圣诞夜,
它的名字叫做"三角",
也是一个加油站,
有一家汽车旅馆和一个餐厅。
在斯图尔特高速公路与通向芒特艾萨的
巴克利高速公路的交叉口。
四十年来,这家酒吧一直在营业,
一天二十四小时,一周七天,
一年三百六十五天。
如果有人想找一个没有丝毫圣诞气氛的地方
度过圣诞节,
那我就推荐"三角"酒吧。
但我不推荐它们的游泳池,
如果谁敢把自己的脚趾放进去,
就会立即被吃掉,
不是被食人鱼吞食,而是被氯处理掉。

一次

我去绕山,
绕"奥尔加"山¹,
用一天的时间。
傍晚时分再拍一遍
早晨拍过的照片。

1　奥尔加山(Olgas),澳大利亚北部地方西南部的突岩,由 30 多块红色砾岩穹丘组成,蔚为奇观。

107

一次

在纽约,
我找了很久,
才找到我的汽车。
那也是一个圣诞故事。

一次

深冬季节在冰岛，
我觉得遗失了什么。
漫无目的地开着车打转。
晚上，房间里的热水
有种硫黄的味道，
让我惊奇。
我才知道：
雷克雅未克[1]的所有热水
和中央供暖一样，
都来自地下温泉。
连一个公共游泳馆里的水
用的都是地热。
我第二天就去了那个游泳馆。

曾经有一次，
一年前了，
我在夏季来到冰岛，
意外地看到了
白夜的景象。
整整两夜，
我目瞪口呆，
不明白这
艳丽的黄昏之光
为什么没完没了。
在我的一生中，
（除了后来有一次在波兰的卡托维茨）
从来没有碰到过这么多
喝醉了的人们，
在这个太阳不落山的
周末。

---

1 雷克雅未克（Reykjavik），冰岛首都。

一次

我从加利福尼亚开车去德克萨斯州,
冬天,
可是我却没有想到:
雪。
埃尔帕索[1]下雪了!
许多孩子还从来没有见过雪,
我只穿了一件衬衣,冻得发抖。

在一个高速公路桥下,
我发现了一座荒废的公墓。

---

[1] 埃尔帕索(El Paso),位于德克萨斯州最西部。

第二天早上，
雪化了，
太阳照常升起。

一次

我看到这个小男孩儿
在牧鸭。
这里是巴厘岛，
在去乌布的路上，
1978 年。
十二年之后的 1990 年，
我沿着同一条道路
去乌布。
我想起了这个小男孩儿，
想起他赤裸的双脚
和他的帽子。
或许他就是那些坐在门槛上
为傍晚的斗鸡比赛打扮自家公鸡的
男人中的某一个。
或许他就是那些站在阳光下的稻田里的
男人中的某一个。
或许他就是我明天离开此岛时
将在机场遇见的
行李员中的某一个。
我第一次来时，
这里还是天堂，
现在这里变成了地狱。
这一次我一张照片也没拍。
"冲浪者的天堂"，
只剩下气味还跟从前一样。
虽然我还会在某些地方
看到迎面过来之人，
跟过去一样
冲着你微笑。
全世界再没有一个地方，
迎面走过之人的微笑，
能像在巴厘岛一样
美好。

一次

我去纽约
看望彼得·汉德克[1]。
他正在写作长篇小说
《漫长的归途》。
写作期间,
他住在中央公园东侧的一家酒店里,
过起了和尚般的生活。
我想即便是这次短短的造访,
也更多的是干扰了他。
我拍了他的写字台,
拍了一起散步时他的背影,
一张我们分手之后,
他心不在焉的发型。
后来,我读了《漫长的归途》
才明白当时回望时,
所看到他肩上的压力
是多么重。

---

[1] 彼得·汉德克（Peter Handke，1942- ），奥地利小说家和剧作家，文德斯的多部电影都是改编自汉德克的作品，后来两人共同创作了《柏林苍穹下》。

一次

我徒步从萨尔茨堡[1]到威尼斯,
穿越阿尔卑斯山。
很少能遇见那么少的人,
拍照也很少。
匀速步行时,
停下来就是一种困扰。

在一个古老的农家,
我歇息了一下。
那农民告诉我,
房子有五百多年了,
没有自来水,
也没有电。
老奶奶不停地大笑。
从此以后,
我就能想象,
中世纪的情景和
中世纪的人们了。

1　萨尔茨堡(Salzburg),奥地利第四大城市。

一次

我住在旧金山，
制作一部关于达希尔·哈米特[1]的
电影。
我的半圆形工作室
在一个狭窄的房子里，
在科尔尼街和哥伦布街拐角处。
多亏了它那铸铁结构，
这房子才没有毁于地震和城市大火。

当时的我满脑子都是哈米特。
在美国西部一个小城里，
发现了一条哈米特路，
路上有一家哈米特面包房，
面包房里有一个哈米特钟。
我好话说尽，
出了大价，
面包师也不肯把钟卖给我。

演员小伊莱莎·库克
在约翰·休斯顿[2]根据哈米特的同名小说改编的
《马耳他之鹰》中
扮演过角色，
那是1941年。
在我们的影片中他扮演一个出租车司机。
有一次，他带弗雷德·福雷斯特和我
去跑马场赌马，
他比较郁闷的是：
我们两个完全不懂马的人
赢了满贯，
而他竟一次都没赢。

---

[1] 达希尔·哈米特（Dashiell Hammett，1894-1961），美国作家，开创"硬汉派"推理小说的先河，他的小说被多次搬上银幕。

[2] 约翰·休斯顿（John Huston，1906-1987），美国导演。

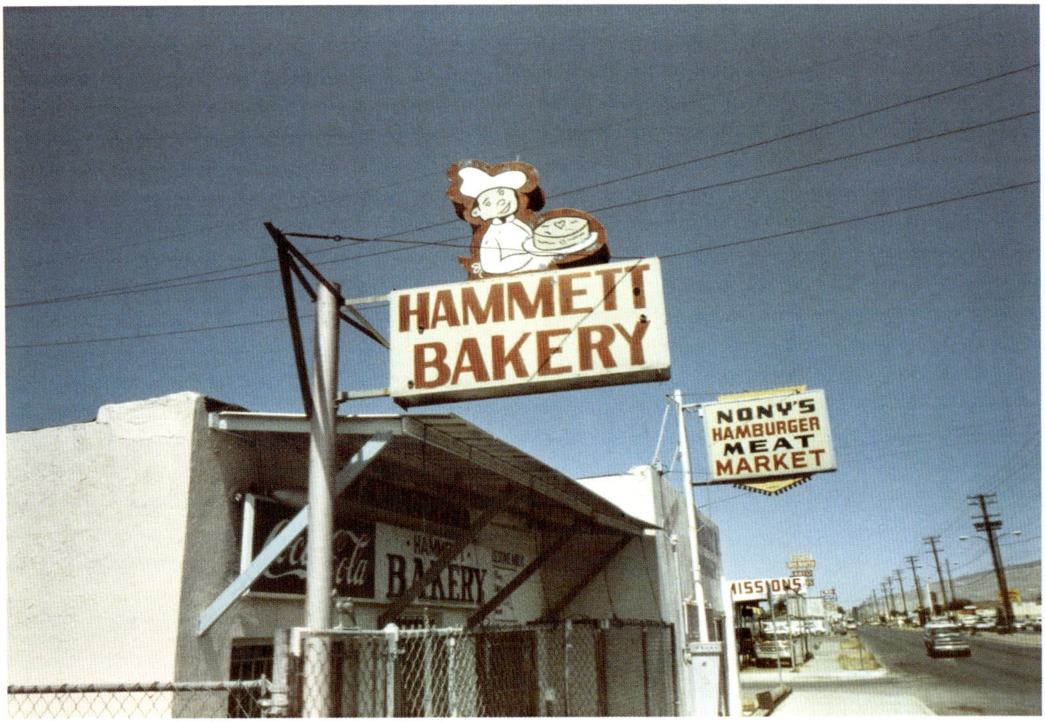
HAMMETT
BAKERY
NONY'S
HAMBURGER
MEAT
MARKET
MISSIONS

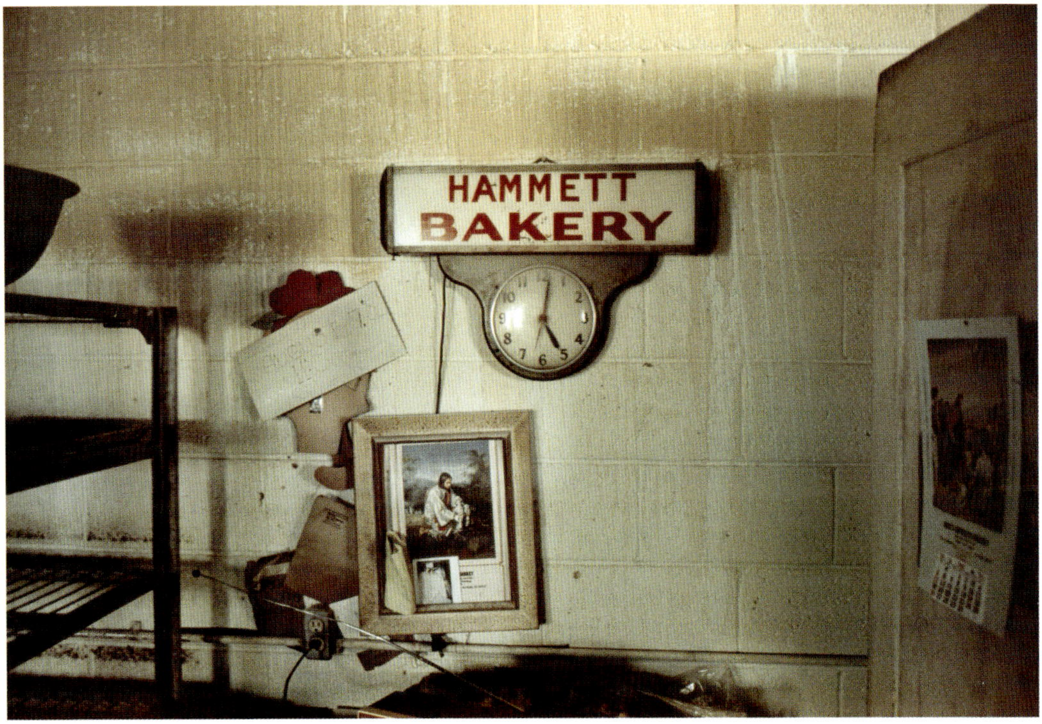
HAMMETT
BAKERY

在这段时间里,
我在据说达希尔·哈米特曾经住过的
房子里,
住过几个星期。
这是我的朋友大卫·费希海默查出来的,
他是一个真正的私家侦探。
这房子位于海德街和邮政街交叉口,
经过大卫的仔细调查,
断定哈米特曾经在1927年
在此居住过。
至于他当年住的是哪间公寓,
已无法确定,
能确定的是,
他住的是一套拐角的房间。
我于是住进了五套拐角房其中的一套,
也许这就是哈米特住过的那套。
不管怎样,
除了失眠的夜晚,
那套公寓并没有带给我更多:
这个房子的对面是一个消防队,
消防车一夜数次呼啸出门,
声音大得能把人掀下床去。
我自己查了一下,
这个消防队在1927年时就在这里了,
哈米特当时也会夜不能寐的,
这是我得到的唯一结论。
于是我搬到一个安静的地方居住。

一次,
我在去科尔尼街的工作室的路上,
途经一家图书馆,
看见一座拆迁的房子,
像一只搁浅的鲸鱼
躺在岸上。

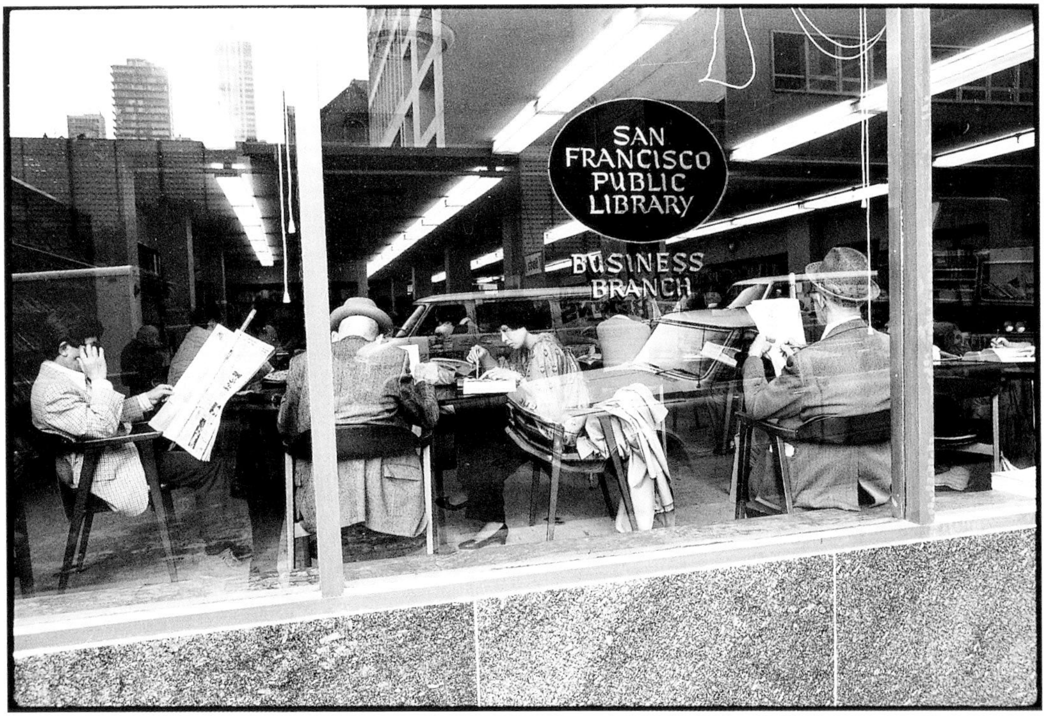
SAN
FRANCISCO
PUBLIC
LIBRARY
BUSINESS
BRANCH

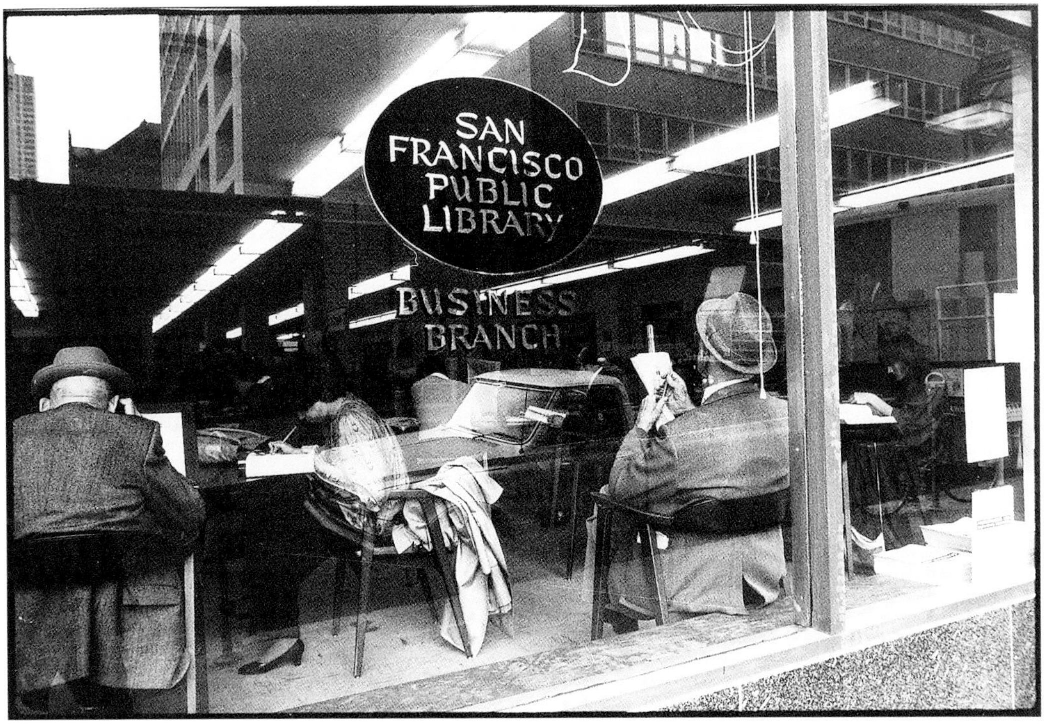
SAN
FRANCISCO
PUBLIC
LIBRARY
BUSINESS
BRANCH

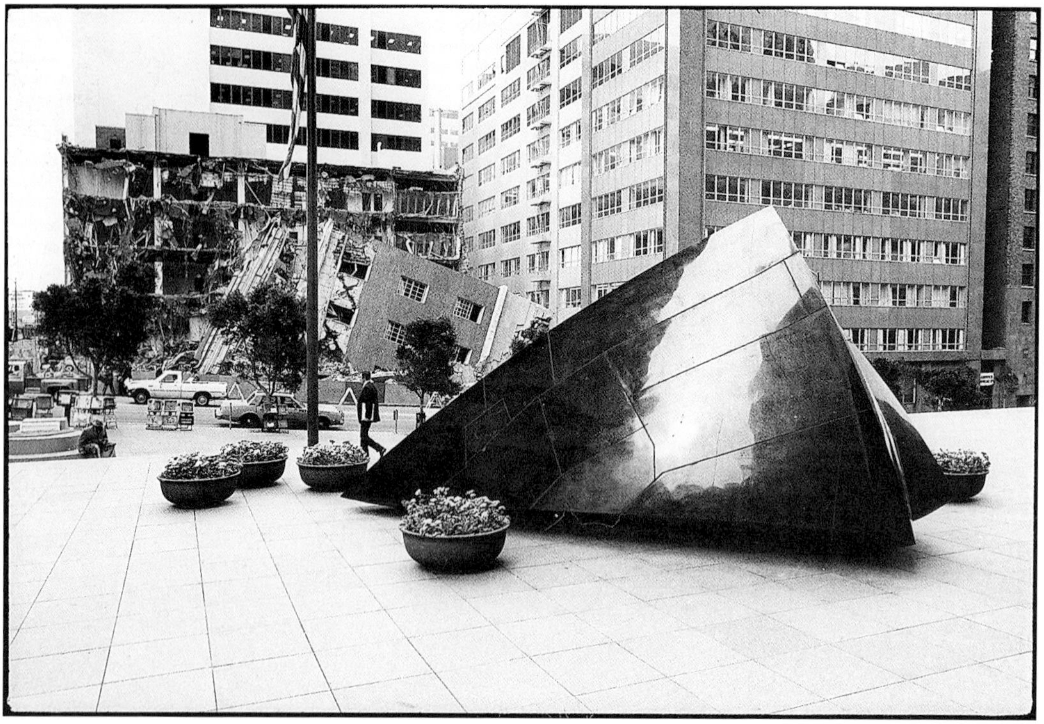

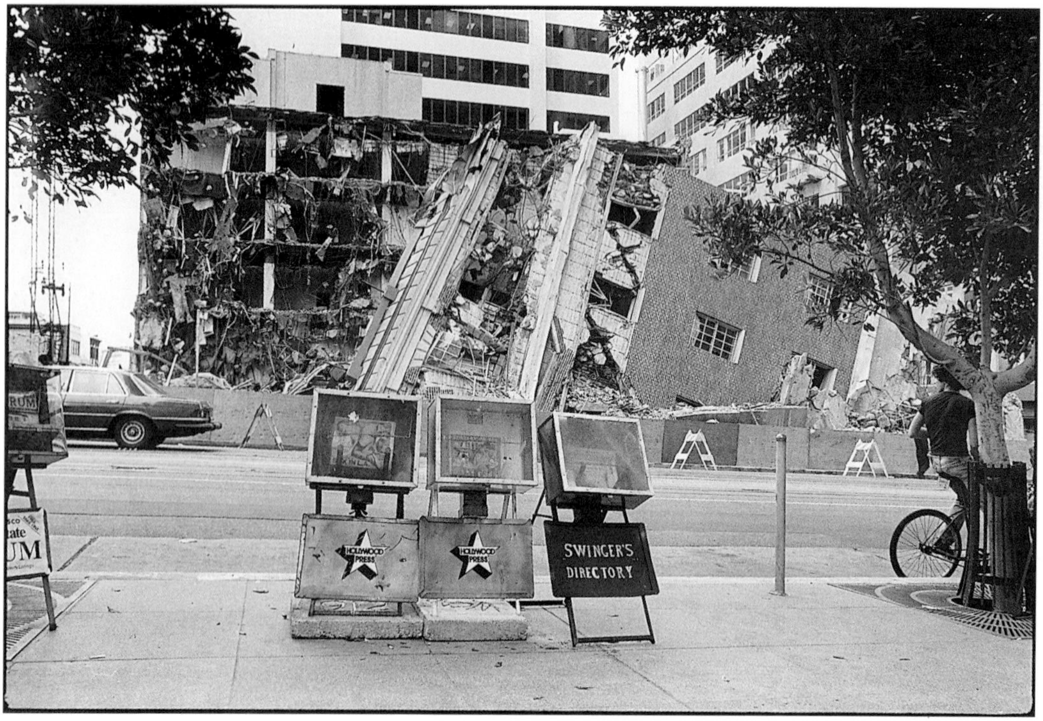
HOLLYWOOD PRESS
HOLLYWOOD PRESS
SWINGER'S
DIRECTORY

一次

我在第二十二街与
列克星敦街[1]的
拐角处,
在格拉梅西公园附近,
遇见这个女人,
她从此成为我心目中
"太阳崇拜者"的
化身。

---

[1] 与二十二街一样,都是纽约市的街道。

一次

我在登巴萨[1]的市场上，
遇到一阵雨。
一个小姑娘突然出现在我面前，
她像是完全被雨所吸引了，
她呆呆地
接着雨滴。
她甚至望了一眼我的镜头，
但我相信，
她并没有看见我。

---

[1] 登巴萨（Denpasar），印度尼西亚巴厘岛最大城市。

163

一次

我在阿尔及尔[1]，
却只能回忆起
那些**看不见**的：
女人，
傍晚的咖啡馆，
餐厅，
浪迹街头，
没有女人。

---

[1] 阿尔及尔城（Algier），阿尔及利亚首都，位于非洲西北部。

一次

我在科罗拉多州的丹佛,
却对美国
产生了一种截然不同的强烈印象,
一个完全丧失了自我反省能力的
国家,
一种民族自恋情结。
满街的美国人,
因此显得
更加没有祖国。

一次

我住在纽约的时候，
养成了一种不良习惯：
"盲目摄影"。
在去剪辑室的路上，
不看取景框，
对着街上的人群拍照。
出于某种特殊的原因，
我总是把相机举得过高。
第一批照片
都只剩下了脑袋，
没有全身像。
以后也没有能够拍得更好。
此外我觉得，
这种方式
很不恭敬也近乎偷窥，
就像你看到的这样。

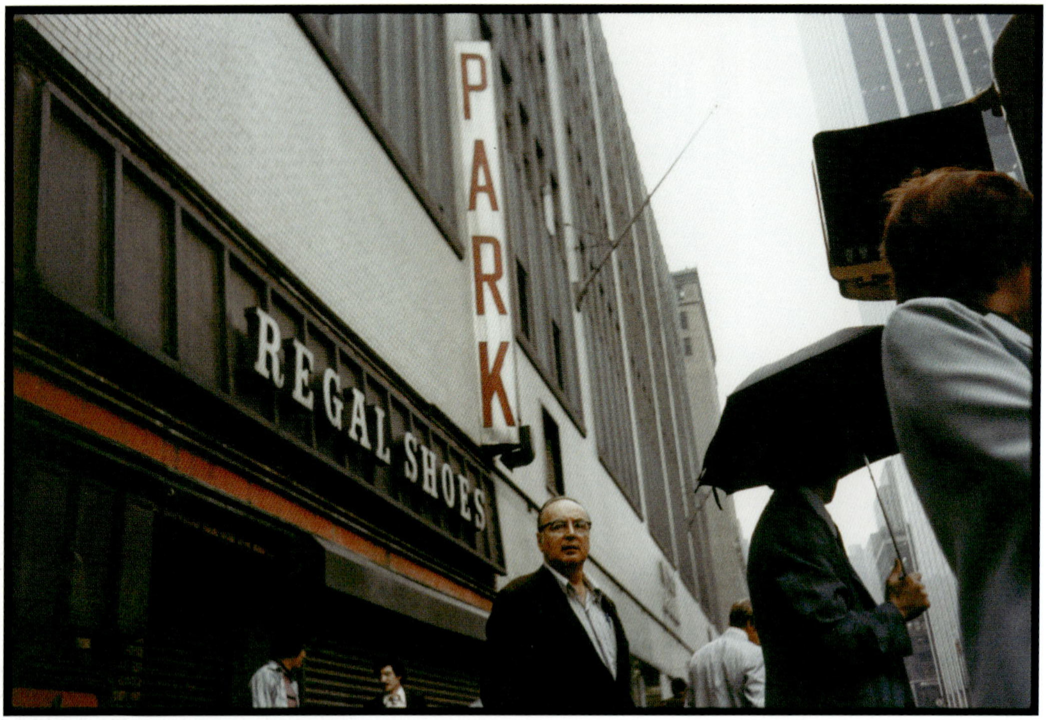
PARK
REGAL SHOES

MOTRIN
HYDRODIURIL
ORINASE
TETRACYCLINE
INDERAL
YOUTHAIR CREME
KODAK CAMERA SALE
L'OREAL
EXCELLENCE HAIR COLOR
PRESCRIPTIONS
REVLON LIPSTICKS
BIC BUTANE LIGHTERS
REVLON NAIL

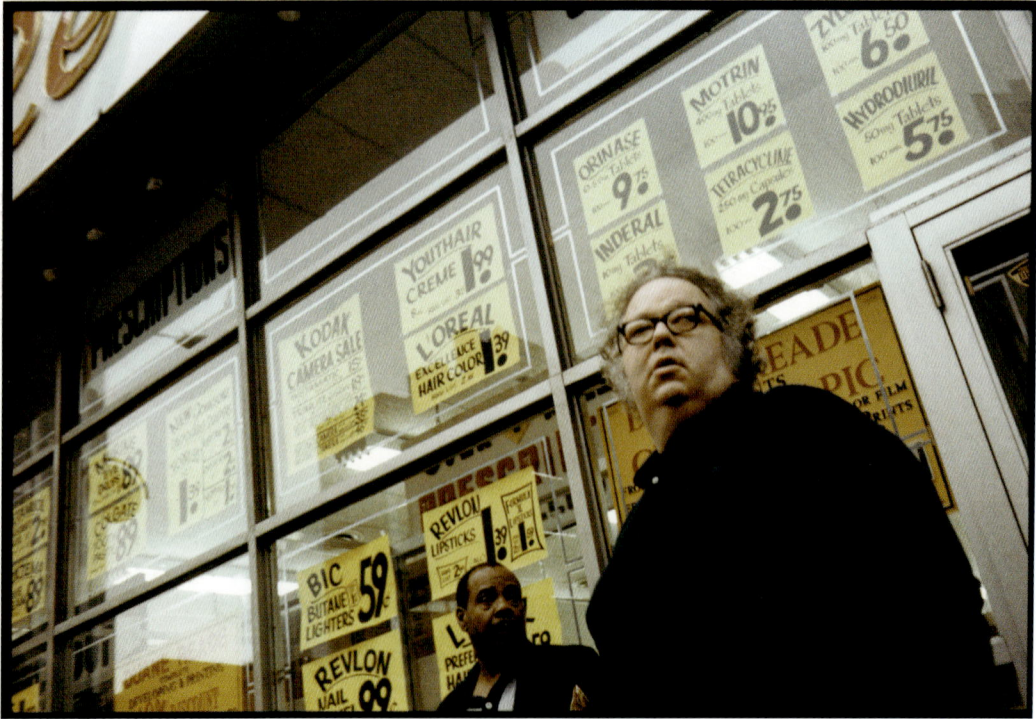

一次

看一个朋友
大卫·布鲁[1],
在纽约的一个俱乐部里演出,
大卫是位了不起的诗人和歌手。

1　大卫·布鲁（David Blue，1941-1982），美国歌手。

一次

我看着
和听着
约翰·
李·
胡克[1]！

---

[1] 约翰·李·胡克（John Lee Hooker，1917-2001），美国蓝调音乐大师。

一次

我去参加《德州巴黎》的公映,
与哈利·戴恩·斯坦通[1]同行,
乘一辆豪华的加长大轿车。
即便在纽约,
哈利也还是特拉维斯[2],
像他一样坐在弟弟的汽车后排座上,
默默地在沙漠里穿行。

---

1 哈利·戴恩·斯坦通（Harry Dean Stanton, 1926- ）,美国演员。

2 《德州巴黎》剧中男主角,由斯坦通扮演。

一次

多年以前，
我和布鲁诺·甘孜[1]一起去纽约，
参加《美国朋友》[2]
在美国的首映式。
出于敬仰，
我们坐在了阿冈昆酒店的大堂，
这里曾经是
威廉·福克纳[3]
经常下榻的地方。

1　布鲁诺·甘茨（Bruno Ganz，1941- ），瑞士演员，《柏林苍穹下》主角。
2　《美国朋友》，文德斯向美国黑色电影致敬的作品，也是他打入美国市场的敲门砖。
3　威廉·福克纳（William Faulkner，1897-1962），美国小说家、诗人和剧作家，美国文学历史上最具影响力的作家之一。

一次

我在苏荷区一条街上
邂逅了
约翰·劳瑞[1]。

---

[1] 约翰·劳瑞(John Lurie,1952-),美国演员,曾参演《德州巴黎》。

一次

我在莫斯科市中心，
红场的边上，
看见了这个帐篷区。
这些住在自己搭建的棚户里的人们，
在抗议苏联的禁止公民出境。
我注意到一个孩子，一个小姑娘
用热切的目光
关注着周边的讨论，
自己却
一言不发。
我不禁想起
《威廉·麦斯特的学习时代》[1]里，
那个沉默的米格侬。
第二天，
我再次来到这个帐篷区，
跟一个会说俄语的人一起，
想了解
这个小姑娘和她家人的情况，
却再也没有找到这个小姑娘。

1　歌德所著的风靡德国的成长小说。

记得在同一天,
我曾经穿过一条行人地下通道。
在莫斯科,禁止在地面穿越大道,
必须走地下通道。
通道里几乎没有光亮,
大部分的灯泡和霓虹灯
被人偷了。
在一个昏暗的角落里,
有一些人,
靠着通道的墙站着。
走近看才认出
全是些男人,
他们着魔似地盯着
挂在墙上的什么。
因为光线太暗,
我也只能凑近
他们好奇的地方。
墙上挂着的
是美国《花花公子》杂志的照片:
一个插页里的裸体姑娘。
男人们站在照片前,
离得如此之近,
鼻尖都要蹭到照片上了。
就像是一个固定的仪式,
他们在照片前停留半分钟,
然后为后面接踵而来的人们
腾出地方,
后来的人再将鼻尖蹭在照片上,
停留半分钟。
我拍了一张照片,
没有成像,
因为实在是太黑了。

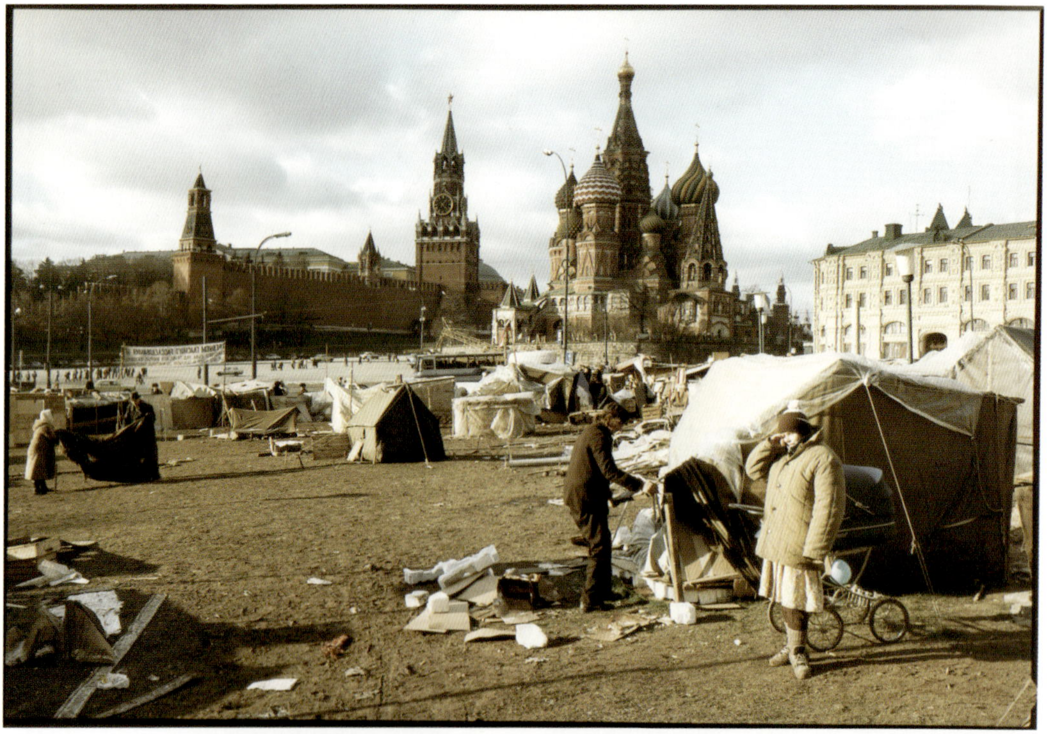

同一个胶卷里,
也有这一张
埃琳娜·斯米尔诺娃和她的女儿阿格莱娅。
那天晚上,
我看了埃琳娜演出的舞台剧,
因为听不懂俄语,
阿格莱娅用耳语为我翻译了
全剧。
只有孩子才能说出
如此动听的英语,
她只是在学校里学过英语,
却有着如此熟练的语感。

一次

我在休斯顿住过一阵子，
一个奇怪的城市，
市中心
刚刚建成。
挥之不去的印象是
住在休斯顿就像住在一个巨大的游乐场里，
一个积木搭建的城市，
所有的大厦玩笑一般耸立，
试验各种样式的高楼，
试验各种色彩的高楼。
大部分的高楼都是空的，
因为当年的石油危机。
最能打动我的是一座停车场，
因为它表面的线型结构和
从内部看出去时的
宽银幕般的感觉。

在一次漫游时，
我邂逅了一位摄影师，
我不但给他拍了照，
也给他的拍摄对象拍照，
一项缓慢而细致的工作。

一次

对于我来说,
好莱坞的一个
大型电影片场,
跟这个城市本身
没有多少区别。

一次

在去洛杉矶机场的路上,
我把车停在了一个电影院门口。
我注意这个影院很久了,
以前每次只是匆匆路过,
基本上是乘坐出租车
赶往机场的途中。
这一次,
洛约拉影院的广告说
这是最后一场演出。

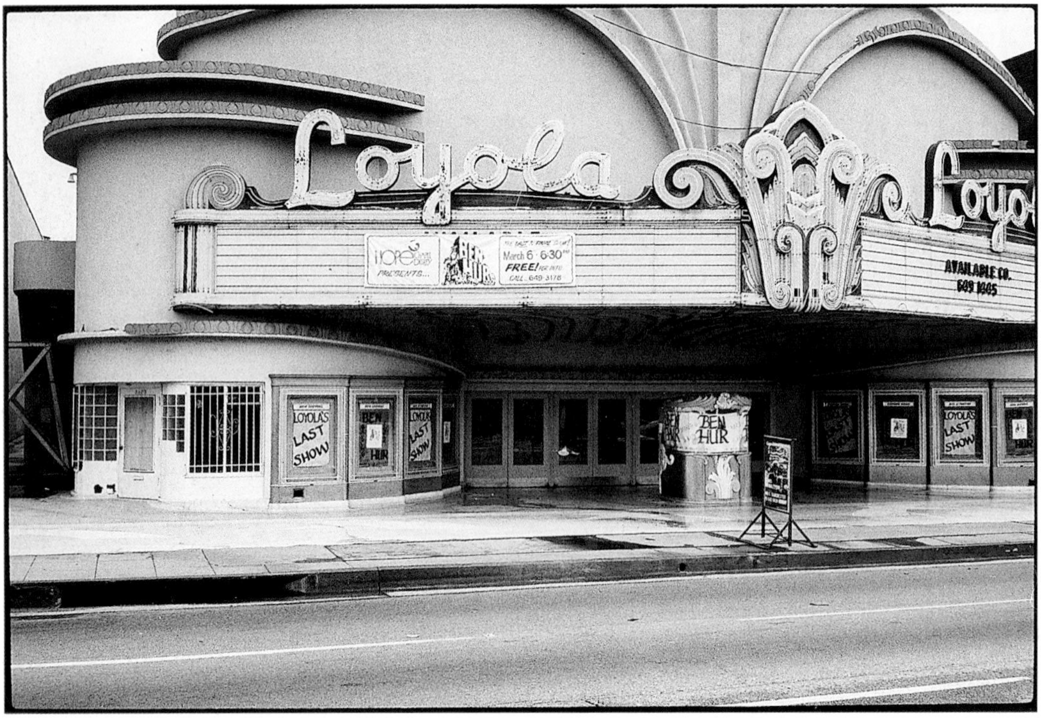
Loyola
March 6 · 6:30
FREE!
AVAILABLE CO.
LOYOLA'S LAST SHOW
BEN HUR
BEN HUR

NOW SHOWING
LOYOLA'S LAST SHOW
NOW SHOWING
BEN MARCH 6 FREE HUR
NEXT ATTRACTION
LOYOLA'S LAST SHOW
COMING SOON

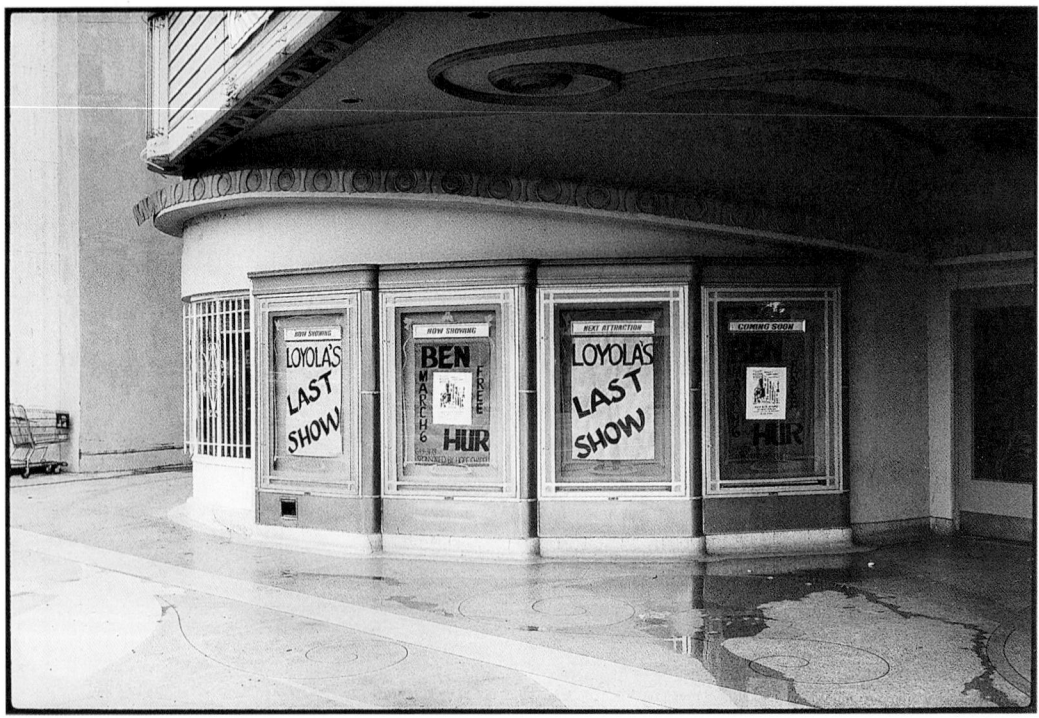

一次

我在好莱坞大道上，
遇见这个妇人，
她正在擦拭泰隆·鲍华[1]的铜质"明星"。
我问她
是否也会顾及别的明星。
她说不，只有一位明星。
为什么？
"因为他有 Power！"

---

[1] 泰隆·鲍华（Tyrone Power, 1914-1958），美国演员。

一次

我要是带着相机多好啊。
好莱坞大道上,
有一家餐厅叫"穆索与弗兰克",
是达希尔·哈米特在好莱坞写剧本时
经常吃饭的地方。
我也成了这里的常客,
经常坐在木炭烤肉边的长长吧台上。
一天,我又坐在那里吃牛排,
什么都不想。
一个不速之客坐到我身边,
要了一杯啤酒。
他看上去情绪高涨,
个子不高,身体强壮,
肌肉相当发达。
他急切地需要找一个人说话。
他无法跟那个跑堂的墨西哥人聊天,
便忍不住
转向了我。
"我的经纪人今天已经签约了",
他神秘兮兮地小声对我说。
我说"祝贺",
为了不显得太无礼,我接着问:
"签了什么约?"
他打量我一眼,
好像是要确定我是否值得
与他分享秘密。
这样我便有了机会
近距离打量他。
他看上去的确与众不同,
我从来没有见过这样的人。
他显得精力旺盛,
散发出一股有时候只有小个子才有的力量。
他的确肌肉发达,
黑色的眼睛,
黑色的短发,
圆圆的脸庞。
他已经仔细观察了我,

而我则重新看着自己的盘子。
"是一个我期待了多年的角色",
他压低嗓音告诉我,
"现在终于是我的啦!"
"您是演员?"我问,
他自豪地点点头笑了。
"是一个什么样的角色?"
我接着问道,
因为我知道他多么希望我问他。
他的声音更低了:
"现在还不能让媒体知道,
您别告诉任何人!"
"放心吧,我一定保密。"我承诺。
他探过身子对着我的耳朵,
悄悄地耳语,
尽管旁边什么人都没有:
"超级老鼠!我就要扮演超级老鼠了!"

从那以后我就期盼着电影《超级老鼠》[1]的公映,
孩提时代我就喜欢超级老鼠,
这家伙是最合适的演员,
他简直堪称完美,
理想的搭配。

---

1 超级老鼠,此处原文为德语 Supermaus,应是美国动画片《太空飞鼠》(*Mighty Mouse*)。

一次

我见过一个废弃的汽车电影院，
幕布上
筑满了鸟巢。

一次

多年之后,
我在一个抽屉里,
找到一叠
褪色的
早已遗忘的
宝丽来快照,
主题是
"时光流逝"。

一次

我在银幕前
和银幕后,
各拍了
一张宝丽来快照,
想了解
罗比[1]的灯光,
对黑白电影的
影响。

---

[1] 罗比·米勒（Robbie Müller，1940- ），荷兰摄影师，和文德斯合作多部电影。

一次

在拍摄《爱丽丝城市漫游记》的时候，
我们得到了一架
新型SX-70照相机。
感觉摄影一下子变得新颖而激动。
这张卡车照就是当时
在北卡罗来纳州开机第一天的
第一幅"照片"。
因为电影所描述的
就是一个人独自出行学会面对恐惧，
并用宝丽来快照
来战胜恐惧，
用照片来不断地证明
自己的存在，
爱丽丝则想加倍地向我证明
我的存在。

一次

我在宾夕法尼亚州的匹兹堡，
那里的空气
跟我长大的地方
鲁尔工业区的奥伯豪森一模一样。

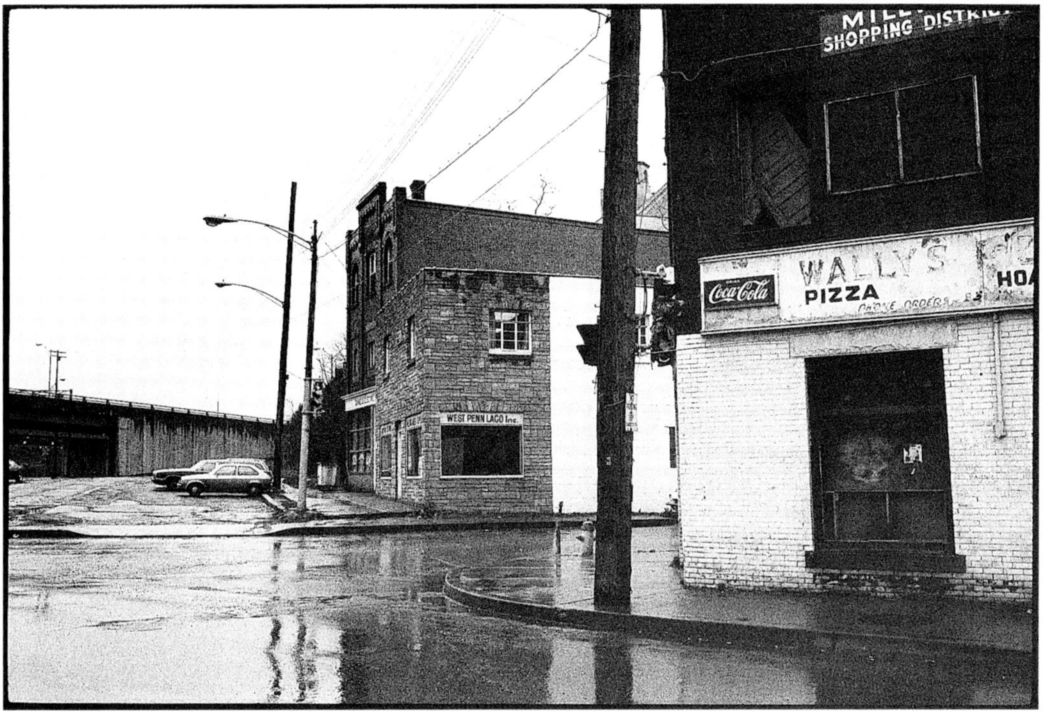
SHOPPING
WEST PENN LACO Inc.
Coca-Cola
WALLY'S
PIZZA

Donut
Delite
COFFEE BAR

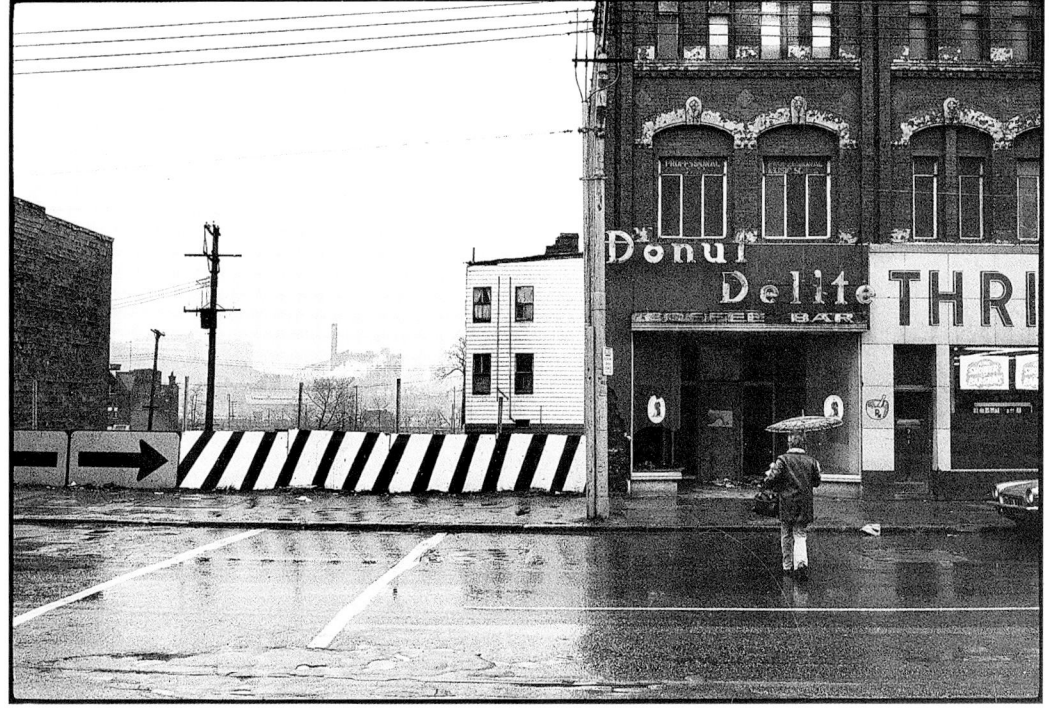

一次

我第一次横穿澳大利亚,
根本无法预料,
前方等待我的是什么。
整个的大陆
像一张白纸。
我不知道
那些路边腐烂的牛和小袋鼠,
都是被呼啸而过的大卡车
碾过的。
那些"公路列车",
需要的刹车时间太长,
根本无法在动物面前
(或者是别的什么面前)
停住。
我不知道
火车停了,
因为铁轨在雨季
经常被水冲走。
我不知道
在矿山之城库伯佩迪[1],
天气热得
只能在地下居住。
我不知道那里有无数的矿坑,
因为费用而从不在开采后填封,
在夜里,每走一步路,
都有可能跌进矿井,
消失得无影无踪。

1　库伯佩迪（Coober pedy），位于澳大利亚南部沙漠,是一座"地下城",盛产蛋白石。

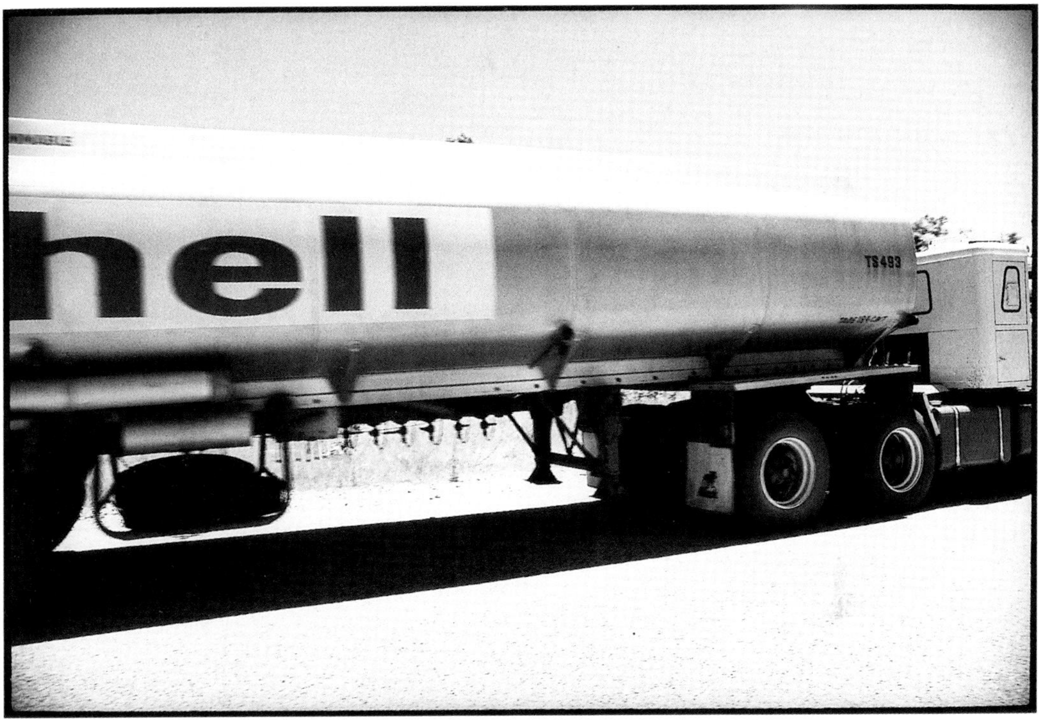
hell
TS493

ell
Shell
TRAIN

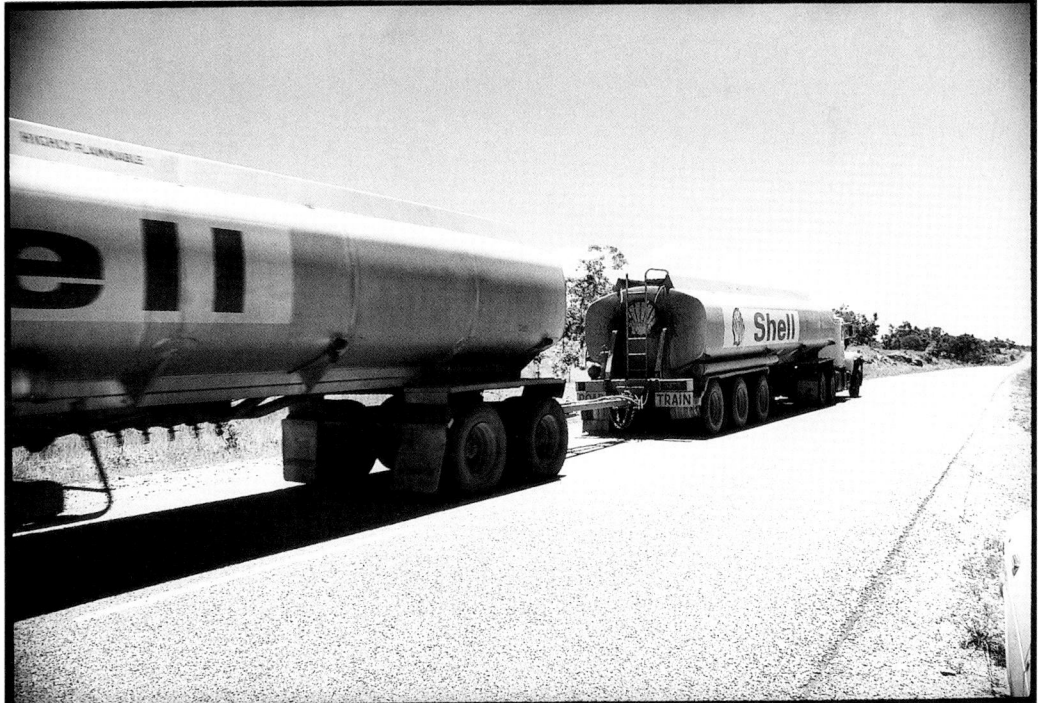

一次

我去蒙大拿州的巴特,
因为我重读了达希尔·哈米特的《血色收获》,
知道他所描述的那个堕落的
"毒镇",
就是这个现实中的巴特城,
而他曾是这里的私家侦探。
我从旧金山出发,
向东北方向,
开了很久,深夜才抵达。
我找了一家汽车旅馆,马上就睡着了,
梦里的景象十分可怖,
战争,警报器响个不停……

第二天早上一起床我就来到了室外,
我的老汽车就停在房间门口,
落了薄薄的一层灰,
我转身回屋去取相机。

拐过一个弯,消防队员们封锁了路口,
空气中有种毒气蔓延。
一个小男孩儿告诉我:
造纸厂夜里失火了。
我千辛万苦
爬上对面的屋顶。
碰见了一个瑞典人,
也在拍照,
双眼含着泪水。
他告诉我,
那个烧掉的房子,
曾经是他最喜欢的房子,
是受到文物保护的,
是小城初创时期的建筑典范。
他接着说:
每个星期,
都会有一栋房子失火,
都是有人纵火。
这座老城早晚会被大火

渐渐吞没。
瑞典人是巴特城古迹保护协会的成员，
他热爱这座城市。
人们烧毁自己的房屋，
是为了得到保险公司的赔偿，
这是在经济持续衰落和高失业率时，
还能拿到一些钱的
最后的可能。
他要请我喝一杯酒，
在酒吧里，
他给我解释
巴特老城的消失过程。
后来，我又去他家里喝了杯啤酒，
他是单身，
巴特也没有太多的瑞典人，
大部分都是芬兰人，
来矿上做工的。
他们当然也给蒙大拿州引进了桑拿浴，
在此之前这里的人连听都没有听说过。
从哈米特的二十年代到现在，
巴特都是一座矿山之城，
但是现在都露天开采了，
如果不是大火吞没该城，
此城也会被巨大的矿坑吞没，
这样的矿坑都快要挖到市中心了。

我在巴特又停了一天，
看到那唯一的一趟火车进站，
一天一趟，
还会持续多久。
哦，我喜欢巴特，
在这里度过的每一秒钟我都不会忘却。
我还去了邻近的小城：
水蟒城。
一个令人难以置信的城市名：
"水蟒城，蒙大拿！"
在巴特汽车旅馆的最后一夜里，
我在蒙大拿和怀俄明州的地图上
观察着每一个地名，
一个比一个动听。

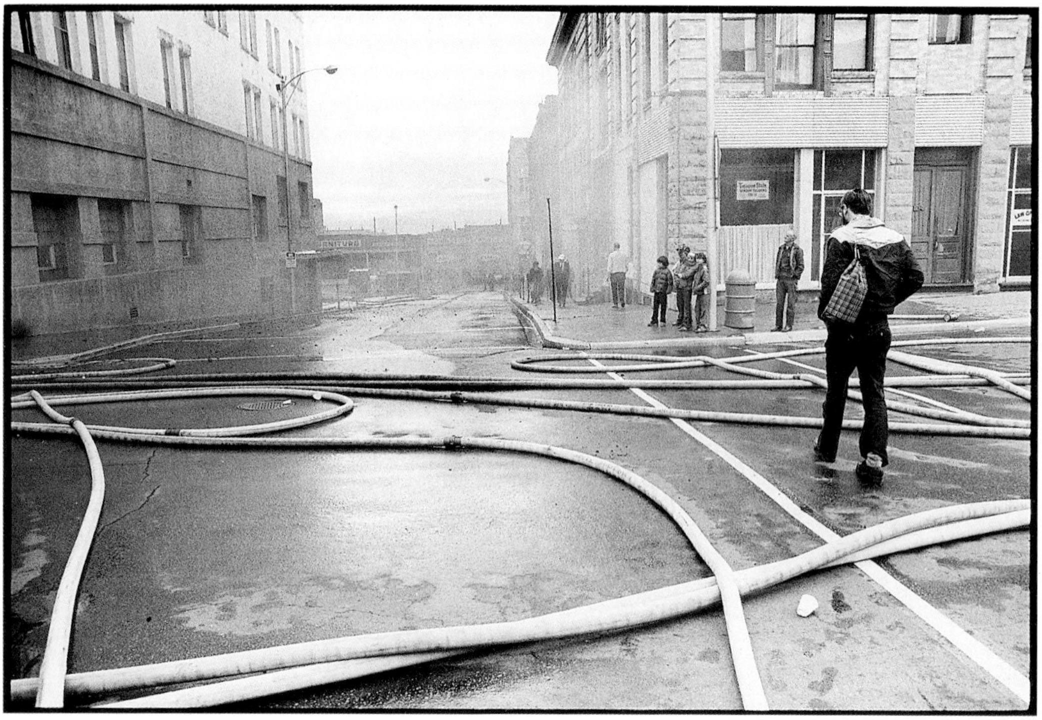

SILVER BOW BLOCK
DANIEL INSURANCE AGENCY INC

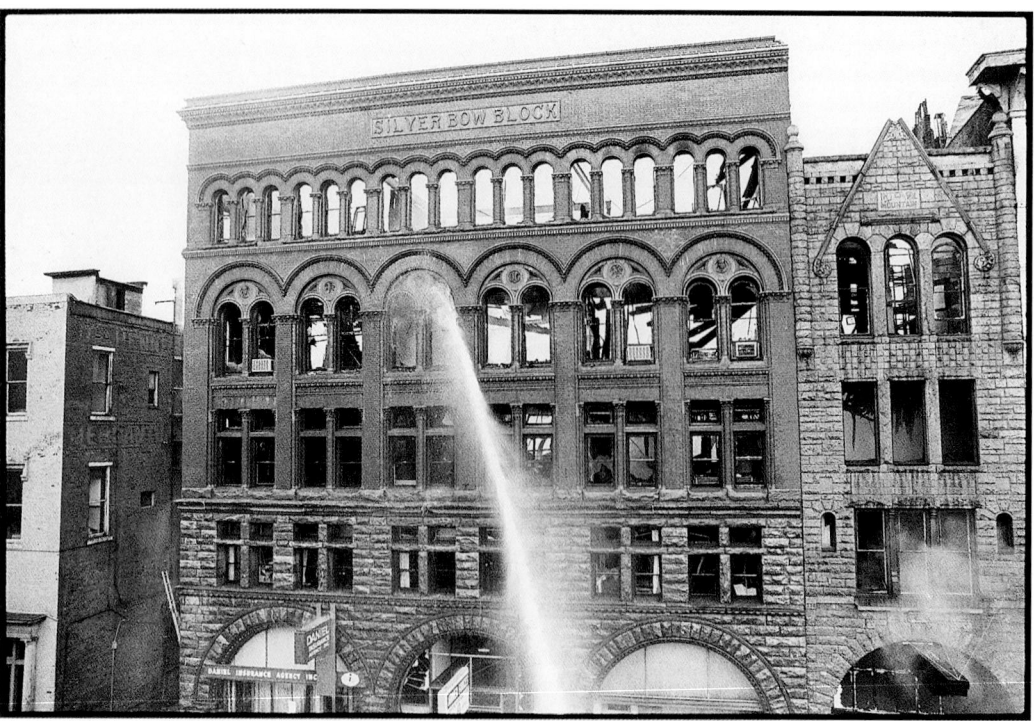

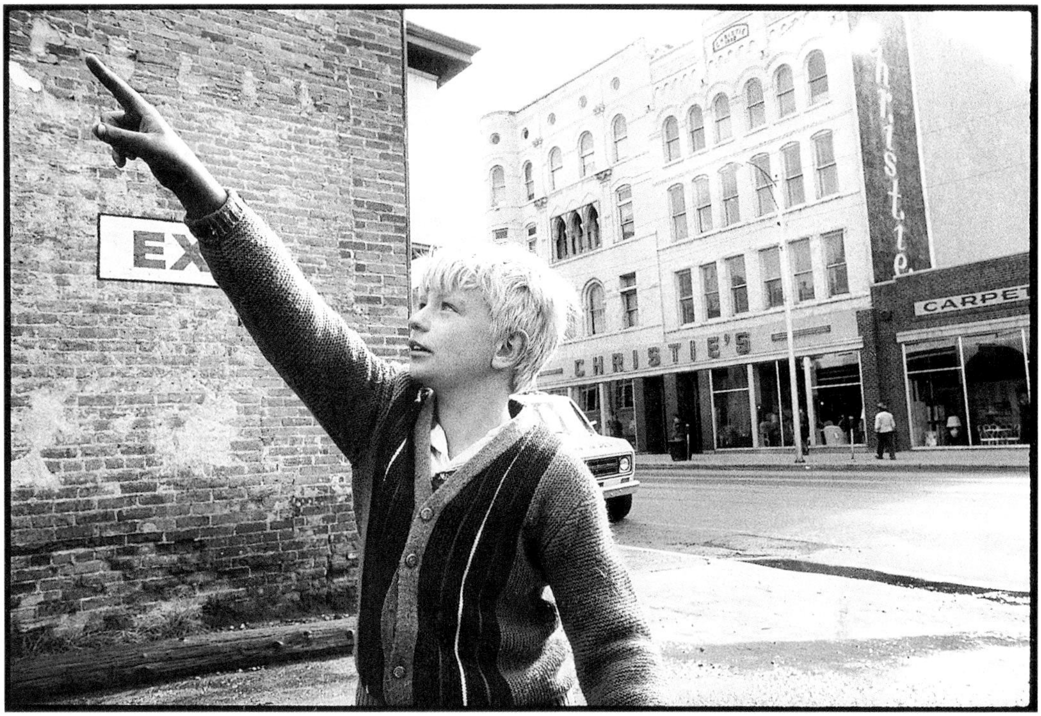
CHRISTIE'S
CARPET

EXIT
CHRISTIE'S

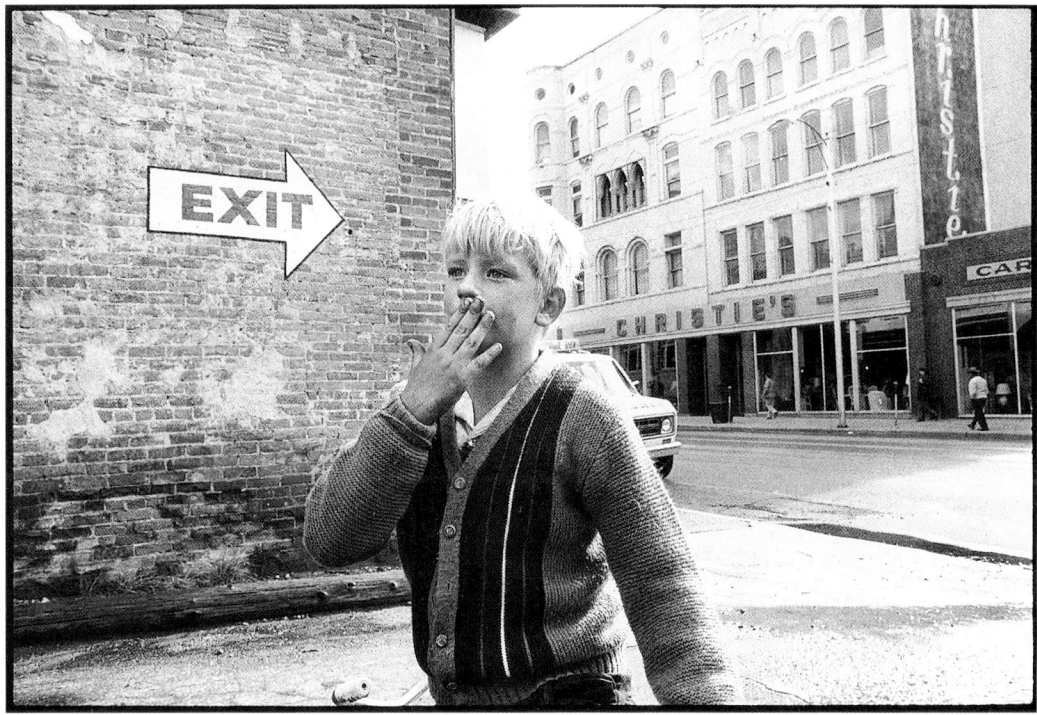

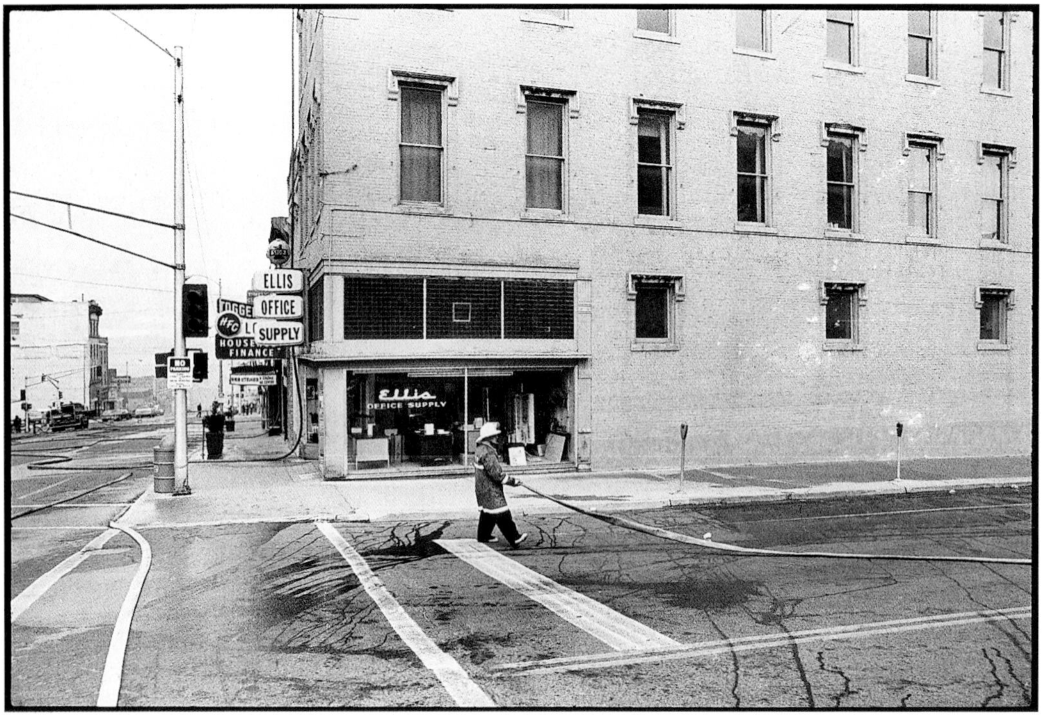
ELLIS
OFFICE
SUPPLY
HOUSEHOLD
FINANCE
Ellis
OFFICE SUPPLY

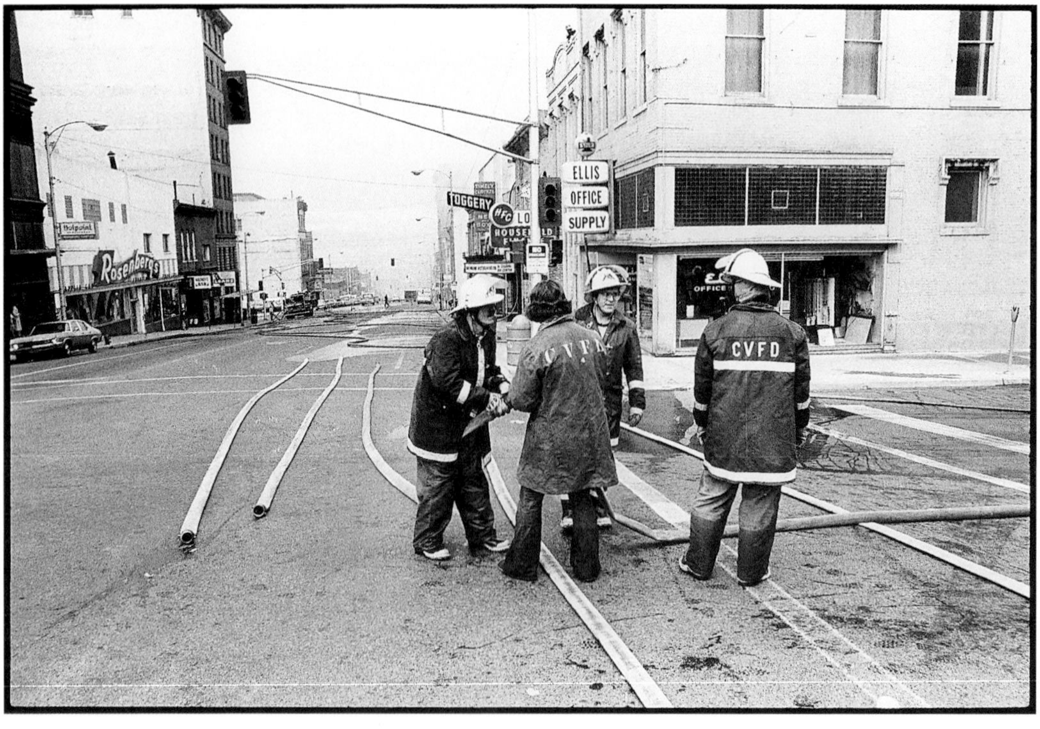
ELLIS
OFFICE
SUPPLY
TOGGERY
Rosenberg's
CVFD

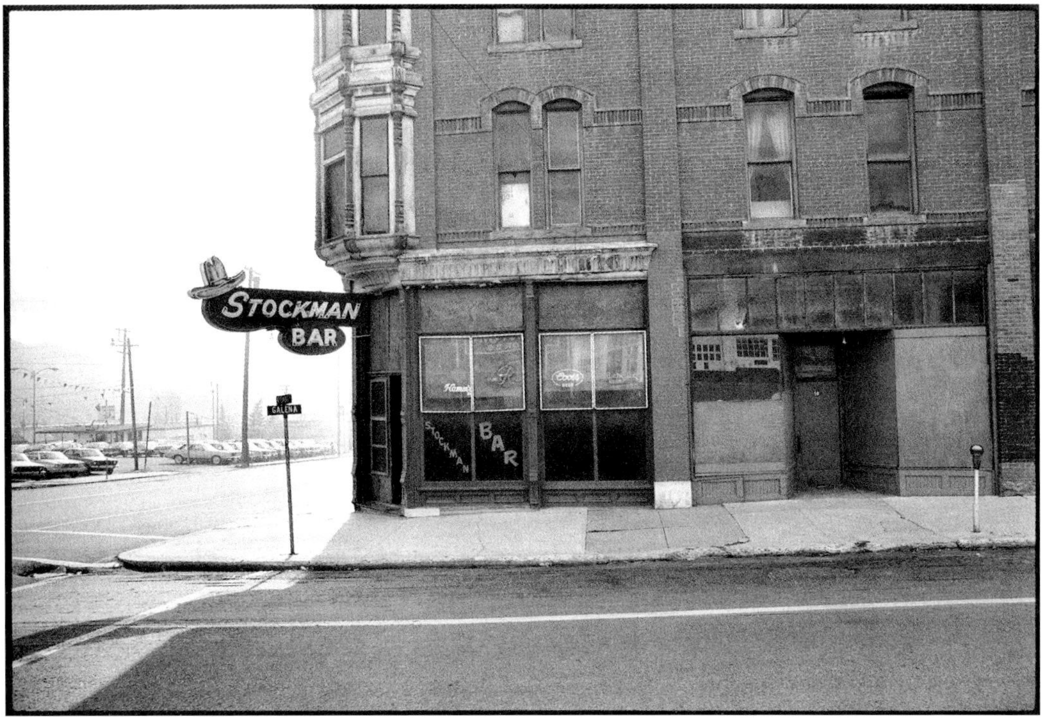
STOCKMAN
BAR
GALENA
STOCKMAN
BAR

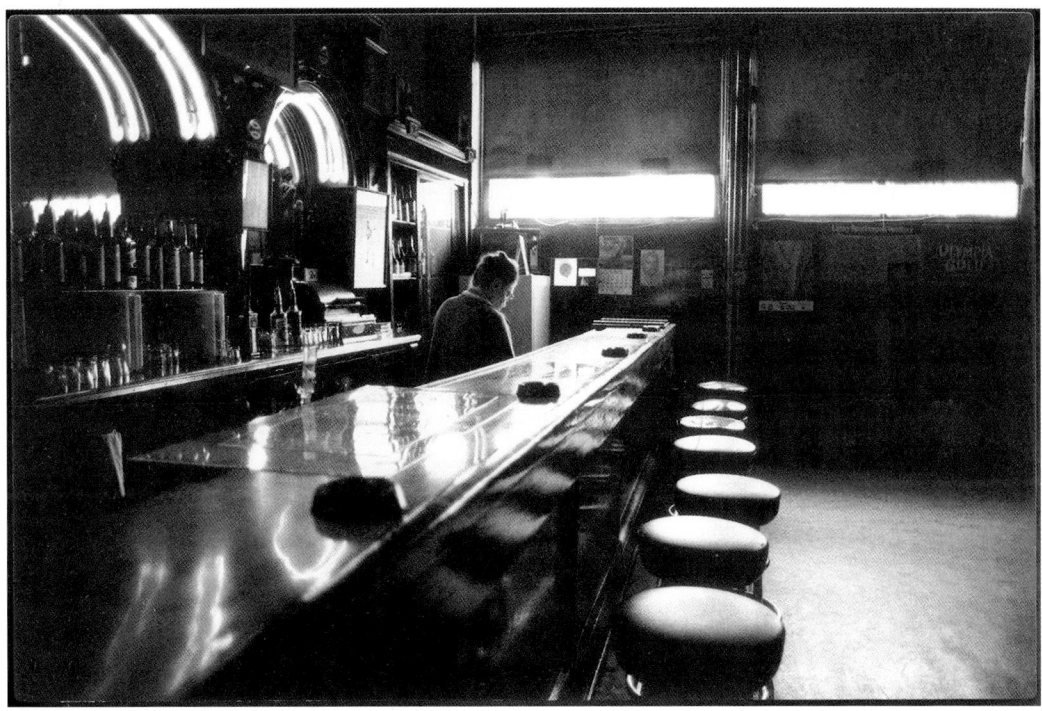

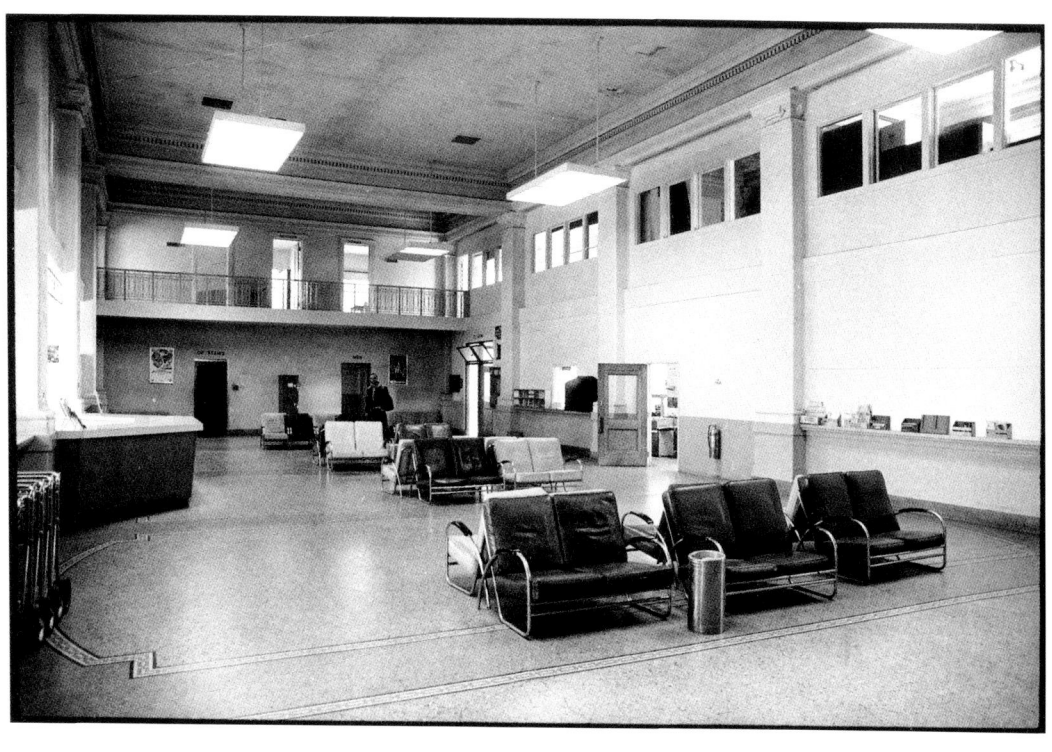

一次

我在一个叫"托斯卡"的酒吧里，
跟两个作家打台球。
萨姆·谢泼德正在排练他的
《愚弄爱情》，
一边排练一边还在修改。
朗·科维克[1] 刚刚写完
第一部长篇小说
《生于七月四日》。
我输了很多钱。

---

[1] 朗·科维克（Ron Kovic，1946- ），美国作家。

一次

我一天之内
到过五个城市，
"时光如梭。"
清晨在柏林起床，
飞到法兰克福，
与两个同样在此转机的朋友
在机场餐厅共进早餐。
之后飞往巴黎，
在机场与好几个同事碰头，
他们给了我许多
文件、合同和预算表，
让我带去纽约。
感谢超音速飞机把我送到了纽约，
比我从欧洲起飞的时间还早。
然后乘直升飞机穿行城市，
去三个不同的办公室赴三个"日程"，
然后去赴"晚宴"，
然后乘出租车回到机场。
在飞机上研究了五小时文件之后，
降落在洛杉矶机场。
接我从机场去酒店的路上
一直堵车，
我们在车里已经讨论完大部分问题。
随后是与律师、经纪人和制片人的会议，
还有一顿漫长的晚餐。
我坚持自己步行走回酒店，
尽管足足走了一小时，但很惬意，
至少这五公里的路程
是我自己做主的，
夜半时分我终于上床睡了。

第二天我飞回巴黎，
在乘出租车进城的路上，
拍了此行唯一的照片。

一次

我用了几周的时间
来来回回地穿越德克萨斯州,
如果让我用一张照片定义德克萨斯的话,
我想说:
一个戴着牛仔帽的老人。
老牛仔们,
是最可叹
也最感人的形象。

一次

经过德克萨斯州的马尔法[1]时，
我想起自己曾经住过的
雷鸟汽车旅馆的房间。
我记得我睡过的
每一个酒店的房间，
它们在我脑海里挥之不去。
我看着地图，
回忆起那些
我曾经去过的地方。
但已不记得我在那些地方都做过什么，
却记得住过的每一个酒店房间。
我记得房间的格局，
记得家具的摆设，
记得壁纸或者墙面的颜色，
记得墙上挂的图片，
记得床头电话机的形状。
我多想能够如此清晰地
记住人名
或者他们说过的话。
然而不，在一切其他领域，
我的记忆力都不值一提，
除了对房间的记忆。

在马尔法的第二天，
我在汽车影院的边上
发现了一个合葬墓，
是一对双胞胎。
却找不到一个人，
能够给我讲讲他们的故事。

---

1 马尔法（Marfa），德克萨斯州南部小镇，坐落在北美大陆最大沙漠上的一片高原中。

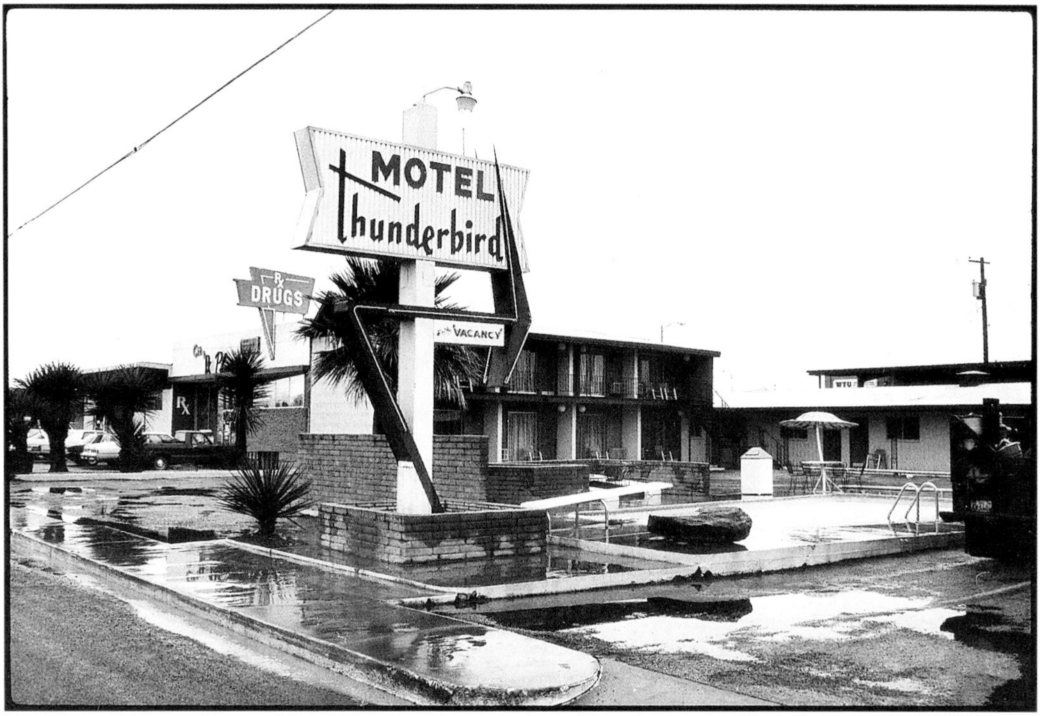
MOTEL
thunderbird
Rx
DRUGS
VACANCY

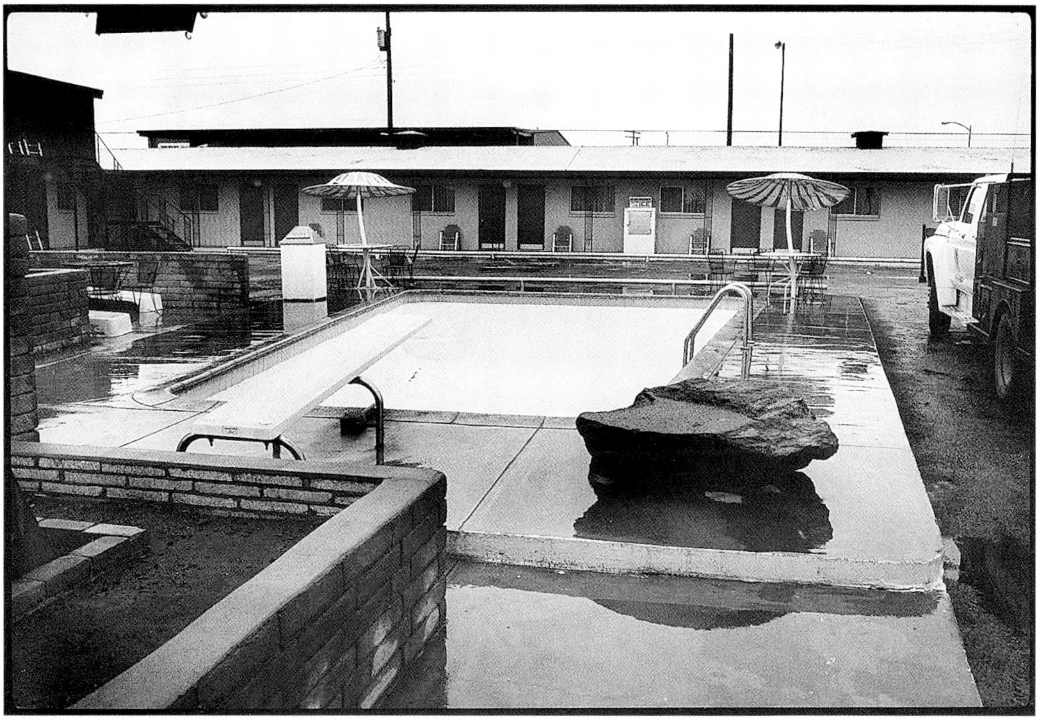

一次

在亚利桑那州的希拉本德,
我见过一家老旅馆,
很多年没有客人住宿了。
门锁着,
通过窗帘的缝隙,
能够看到积满灰尘的大堂,
还有一组扶手椅,
散发出令人惊异的光泽。
几个小时之后我终于找到了
那个拿着钥匙的人。

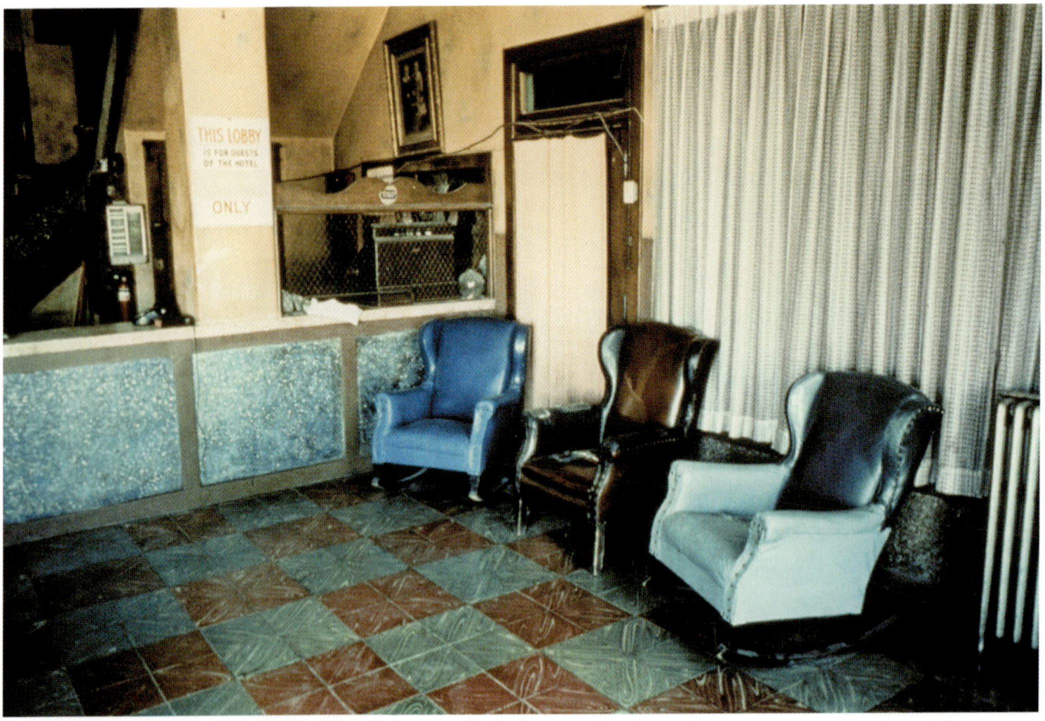
THIS LOBBY
IS FOR GUESTS
OF THE HOTEL
ONLY

THIS LOBBY
IS FOR GUESTS
OF THE HOTEL
ONLY

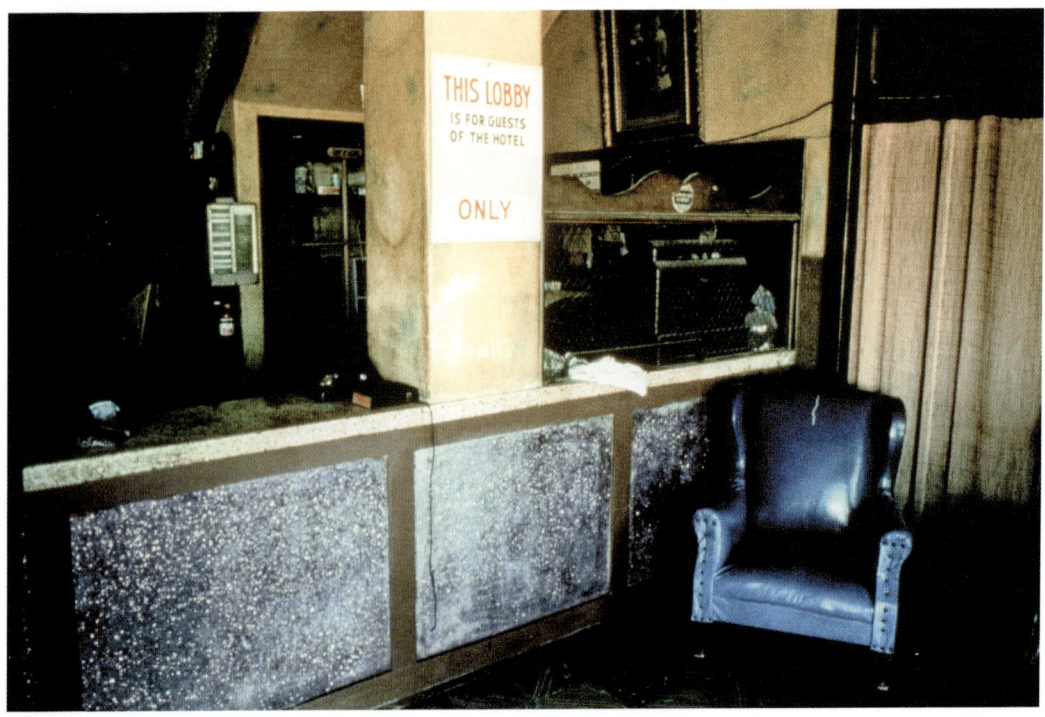

一次

在纽约的拉瓜迪亚机场,
我遇见一个肩上扛着一个男孩子的男人,
他的身边堆满了箱子。
正是假期的开始,
机场人满为患。
那个男人十分高大,
比身边的人们高出一头。
他大声地喊着一个女人的名字,
先对着一个方向,再对着另一个方向,
期待着回应。
没人回应。
"戴安娜!"
肩上的孩子胆怯地抓住父亲的头,
显得疲劳过度。

我奋力地挤向另一个候机厅，
穿过同样的行李堆，
挤过同样急于去度假的人群。
人群中间站着一个女人，
肩上扛着一个男孩子，
身边同样堆满了行李。
肩上的男孩儿睡着了，
他长得跟另一个男孩儿一模一样，双胞胎，
连衣服都是一样的。
女人大喊："理查德！"
越过所有人的头顶，
我试图引起她的注意，
我先是用手指指她，
再指指我遇见她丈夫和另一个双胞胎的
方向。
她虽然朝我的方向望过来，却没有看见我，
只是恐慌地不断叫着理查德。
我得赶飞机，
当然没有拍照，
但他们两人的样子深深地刻在了我的记忆里，
如同照片一样。
拉瓜迪亚机场的这两幅照片，
是我另一次降落时拍摄的，
为的是纪念理查德和戴安娜。

一次

在登巴萨[1],
一次漫无目的的散步中,
我跟着这些孩子走,
被带到了马戏团。

---

[1] 登巴萨（Denpasar），印度尼西亚巴厘岛南部港口城市。

一次

在南澳大利亚的库伯佩迪，
我去汽车影院看电影。
看的什么不记得了，
却记得电影散场后的夜路，
我搭了两个醉得一塌糊涂的寻矿人，
回"时速二十英里"的矿区，
他们的房车就停放在那里。
在碎石路上，
我的车出了点状况，
两个人以闪电般的速度修好了，
尽管他们已酩酊大醉。
他们说：他们睡梦里都能修车的，
一次旅行有时候真会遇上两三次爆胎。

对于所有那些在暗夜里只能凭预感感知的
矿井，
我都有着地狱般的敬意。

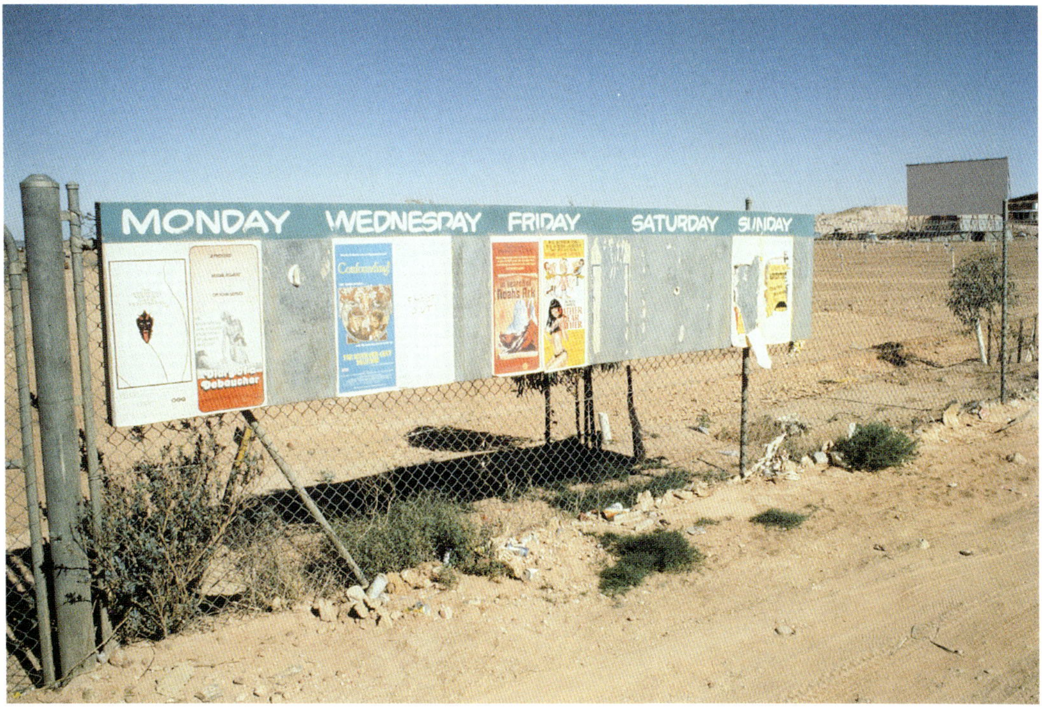
MONDAY
WEDNESDAY
FRIDAY
SATURDAY
SUNDAY

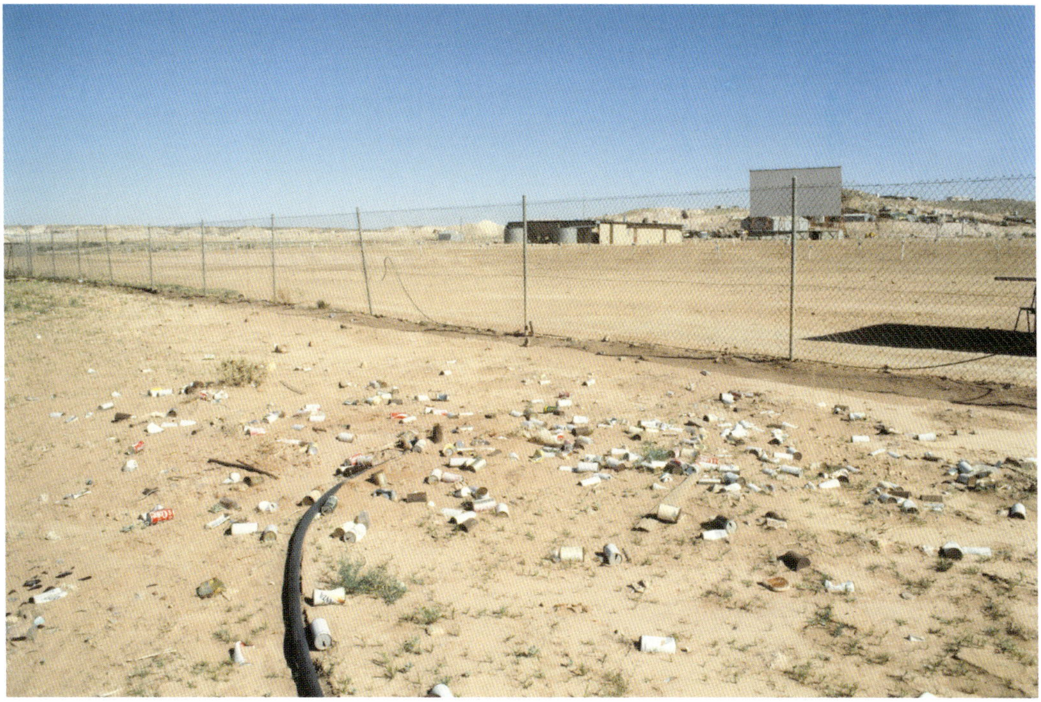

再次造访
库伯佩迪,
六年已经过去,
汽车影院也早已关闭。
地下房屋上面的沙堆上,
到处都是卫星接收天线。
录像带商店巨大无比,
空调开放。
包括原住民那些
营地、帐篷和木棚屋前
都堆满了录像带。

一次

我在波茨坦[1]，
想起了里斯本[2]……

---

1 波茨坦（Potsdam），德国北部城市。
2 里斯本（Lisbon），葡萄牙首都。

……在里斯本，
想起了童年时代的
德国。

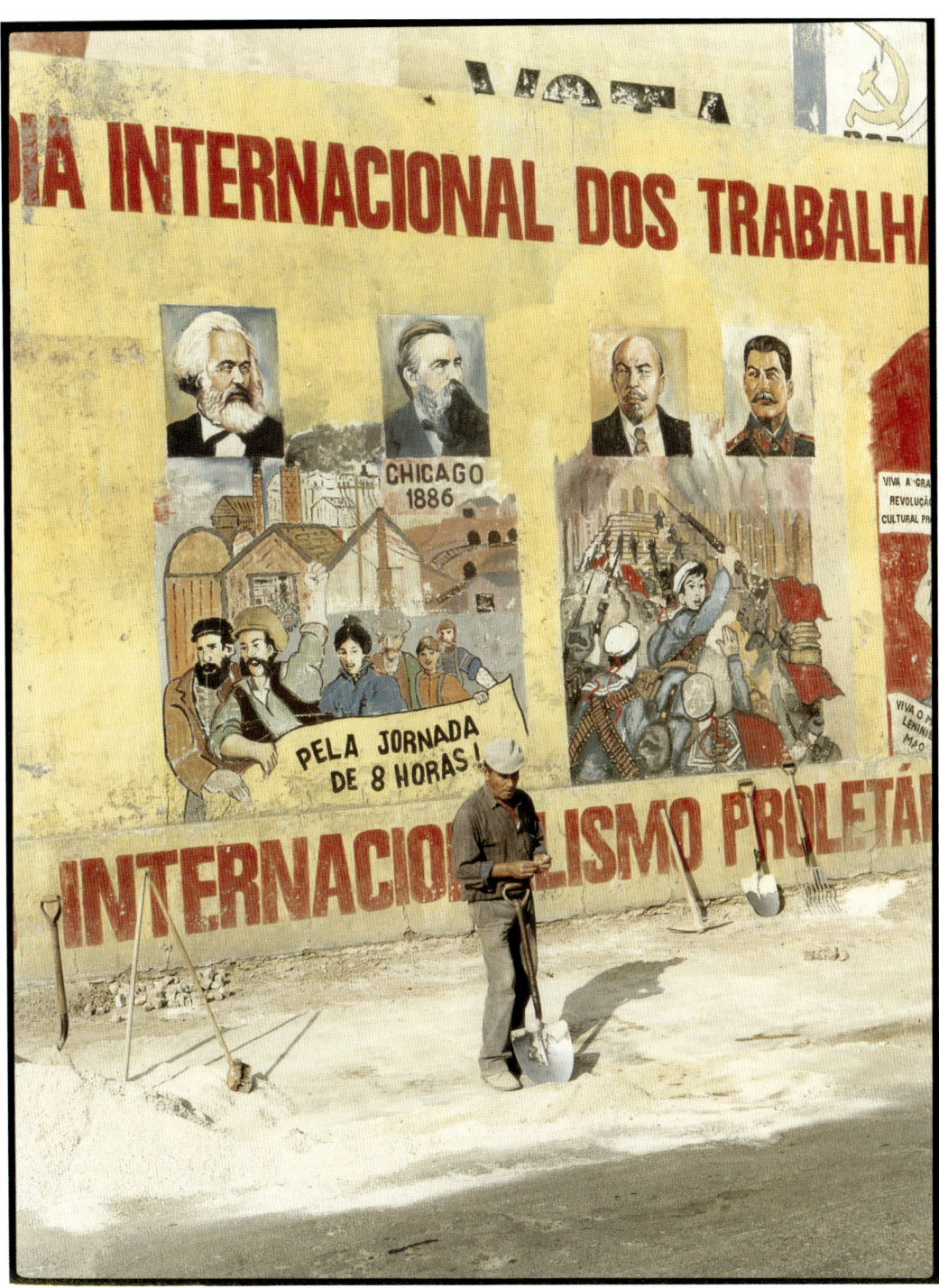

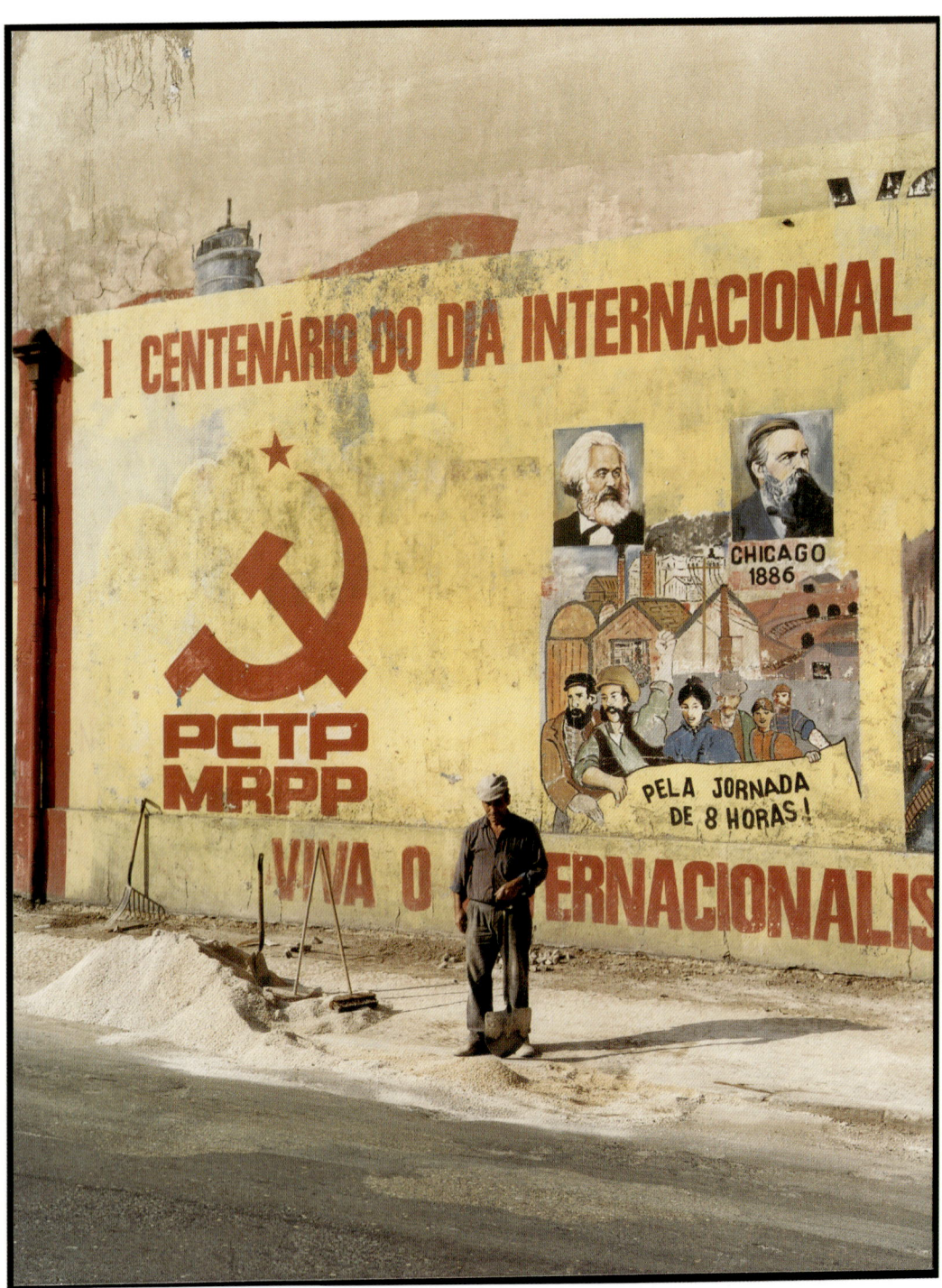

一次

在东京的清晨里散步,
想起了一个童年游戏:
"我看到了,你没有看到……
那是……"
那是红色的,
塑料制成的,
在东京,
大街小巷到处都是。

那天清晨,
想拍一张没有这些红白小帽的照片十分不易,
除非仰视天空。

一次

一大早起床,
为了去拍摄澳大利亚沙漠中央的
这块巨石。
我用了一整天的时间,
绕艾尔斯岩[1]一周。
整个过程中
没有遇见一个人影。
只有一条狗,
早晨从汽车旅馆一出来
就陪着我。
酷热难耐,
除了像我这样一个执著的德国人,
恐怕再没有人会如此长途旅行。
感谢那个如此专业的向导,
我才到了几处美妙的隐秘去处。
最终,
当我登上巨石之巅时,
那条狗没有跟来,
它在陡峭的山脚下面等我,
再摇头晃尾地迎接我归来。

---

1 艾尔斯岩(Ayers Rock),位于澳大利亚中部的沙漠地区,石阶上最大的独立岩石。

傍晚时分,
再拍一张
艾尔斯岩的
照片。

"一次等于没有"
是一句谚语。
孩提时代我觉得这句话特别在理,
然而至少在摄影方面
并非如此。
对于摄影来说,**一次**就是**唯一**。

后　记

　　作者和出版社感谢莫妮卡·卡普阿尼、约兰达·达毕歇尔，达格玛·佛艾尔，路易·瑞德和多娜塔·文德斯，他们对于本书问世的各个阶段帮助巨大。

　　特别感谢罗马的出版家法布里西奥·波茨利，他所出的 UNA VOLTA 一书是这本德文版的样本，感谢他对这本《一次》的专业指导。

人名索引

A

埃里克·侯麦 Eric Rohmer 44

B

巴斯特·基顿 Buster Keaton 52
彼得·汉德克 Peter Handke 134
布鲁诺·甘茨 Bruno Ganz 192

D

达希尔·哈米特 Dashiell Hammett 146, 152 226, 262
大岛渚 Nagisa Oshima 42
大卫·布鲁 David Blue 186
丹尼斯·霍珀 Dennis Hopper 60

F

弗朗西斯·科波拉 Francis Coppola 70

H

哈利·戴恩·斯坦通 Harry Dean Stanton 190
海纳·穆勒 Heiner Müller 50
黑泽明 Akira Kurosawa 40, 70
亨利·阿勒冈 Henri Alekan 32
厚田雄春 Yuharu Atsuta

J

吉姆·贾木许 Jim Jarmusch 46

K

克莱尔·丹尼斯 Claire Denis 82

L

朗·科维克 Ron Kovic 278
罗比·米勒 Robbie Müller 238

M

马丁·斯科塞斯 Martin Scorsese 36
迈克尔·鲍威尔 Michael Powell 40

曼尼·法伯 Manny Farber 50
米洛斯·福尔曼 Milos Forman 60

N

尼古拉斯·雷 Nicholas Ray 54, 56, 60, 66, 68

Q

乔·迪马乔 Joe DiMaggio 54

R

让-吕克·戈达尔 Jean Luc Godard 50
让-皮埃尔·高兰 Jean-Pierre Gorin 50
让·尤斯塔奇 Jean Eustache 48

S

萨姆·谢泼德 Sam Shepard 92, 278

T

泰隆·鲍华 Tyrone Power 224
汤姆·拉迪 Tom Luddy 70

W

威廉·福克纳 William Faulkner 192

X

小津安二郎 Yasujiro Ozu 9

Y

伊利亚·卡赞 Elia Kazan 66
伊莎贝拉·罗西里尼 Isabella Rossellini 36
约翰·福特 John Ford 36
约翰·劳瑞 John Lurie 194
约翰·李·胡克 John Lee Hooker 188
约翰·休斯顿 John Huston 146

Z

詹姆斯·迪恩 James Dean 60

出版后记

感谢我们的读者朋友三壽三，他来借编辑部的藏书《一次》时说："为什么你们不出一个新版？"之后不断有读者向我们提出再版的要求："老版本买不到了，你们快出新版吧！"正是有许许多多读者朋友们的支持，才有了我们出版此书的决心与信心。

仔细阅读德文原版，我们发现与 2004 年的中文版相比，这一版开本更大（开本越大，对照片的表现越充分），图片文件更精美，而且整整多出 17 篇 "一次" 和 96 张照片！好内容好素材更要认真对待，我们的编辑、设计、调色、印刷等所有工作，都力求完美展现文德斯的摄影作品，让读者朋友充分感受到照片中传达的微妙情绪。

文德斯的电影艺术成就无需多言，或许你会认为这只是一本他的快照集或影像随笔。但奇怪的是，一旦打开就无法停止，你的脑海中会不断回放文德斯的画面和词句。尼古拉斯·雷向文德斯大谈追求梦露的情形，后来他因癌症掉光了头发，虚弱地接受妻子的亲吻；停留在中世纪的阿尔卑斯山上的农舍；那个 "太阳崇拜者"；纽约机场的理查德和戴安娜。所有那些打动过文德斯的画面和经历，也将深深地烙印在我们的脑海里。

感谢译者宋新郁先生奉献的精准、流畅、优美的译文。宋老师是 20 世纪七八十年代中国当代诗歌黄金时期的亲历者，留德十余年，中德文功力深厚，遣词造句尤为慎重。正是因其对文字的 "讲究"，将文德斯的细腻、感性与幽默准确地传达给我们。

感谢关静潇在中德文字对照中提供的帮助，感谢我们的电影编辑对大串导演、演员、电影知识和相关注释的审校，相信我们准备的这些背景资料会更有助于大家理解文德斯。

服务热线：133-6631-2326　188-1142-1266
读者信箱：reader@hinabook.com

后浪出版公司
2013 年 12 月

图书在版编目（CIP）数据

一次：图片和故事 /（德）文德斯著；宋新郁译 . -- 北京：北京联合出版公司，2013.12（2020.11 重印）
ISBN 978-7-5502-2516-9

Ⅰ.①一… Ⅱ.①文…②宋… Ⅲ.①日记—作品集—德国—现代 Ⅳ.① I516.65

中国版本图书馆 CIP 数据核字 (2013) 第 314839 号

Einmal. Bilder und Geschichten. By Wim Wenders
© Verlag der Autoren, D-Frankfurt am Main 1994
Chinese simplified character edition © 2014 by Post Wave Publishing Consulting (Beijing) CO., LTD..
All rights reserved.
本书中文简体版权归属于后浪出版咨询(北京)有限责任公司。

一次：图片和故事

著　　者：（德）维姆·文德斯
译　　者：宋新郁
出 品 人：赵红仕
选题策划：后浪出版公司
出版统筹：吴兴元
策划编辑：董　良
责任编辑：刘　凯
封面设计：加加林
版式设计：加加林
营销推广：ONEBOOK
装帧制造：墨白空间

北京联合出版公司出版
（北京市西城区德外大街 83 号楼 9 层　100088）
北京盛通印刷股份有限公司印刷　新华书店经销
字数 185 千字　720 毫米 × 1030 毫米　1/16　23 印张
2014 年 3 月第 1 版　2020 年 11 月第 3 次印刷
ISBN 978-7-5502-2516-9

定价：88.00 元

后浪出版咨询(北京)有限责任公司常年法律顾问：北京大成律师事务所　周天晖 copyright@hinabook.com
未经许可，不得以任何方式复制或抄袭本书部分或全部内容
版权所有，侵权必究
本书若有质量问题，请与本公司图书销售中心联系调换。电话：010-64010019